曼陀罗悬疑馆

给您最好看的原创悬疑小说

《女神探希娃》系列悬疑推理小说　09

The Traveller Returns

分身诡计

[英] 帕特丽夏·温沃斯 著

郜冰冰 译

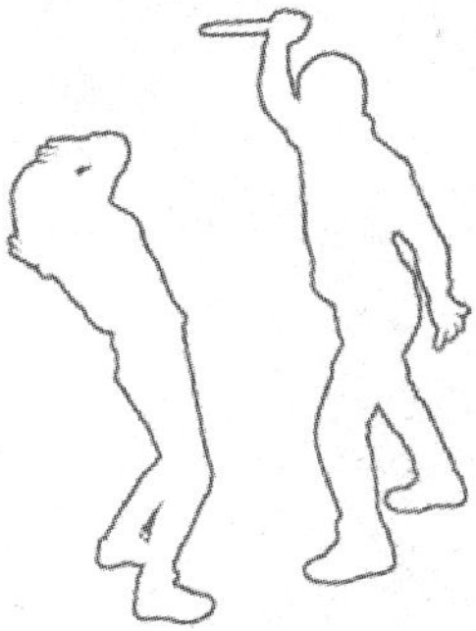

贵州出版集团
贵州人民出版社

图书在版编目（CIP）数据

女神探希娃·分身诡计 / [英]帕特丽夏·温沃斯著　郜冰冰译—贵阳：贵州人民出版社，2018.7

ISBN 978-7-221-14678-6

Ⅰ.①女…　Ⅱ.①帕…②郜…Ⅲ.①推理小说－英国－现代　Ⅳ.①I561.45

中国版本图书馆CIP数据核字（2018）第157261号

女神探希娃·分身诡计

[英]帕特丽夏·温沃斯/著　郜冰冰/译

出 版 人　苏　桦
总 策 划　陈继光
责任编辑　陈继光
特约编辑　Echo
封面设计　源之设计
出版发行　贵州人民出版社（贵阳市观山湖区会展东路SOHO办公区A座）
印　　刷　长沙鸿发印务实业有限公司（长沙市黄花工业园3号）
版　　次　2018年8月第1版
印　　次　2018年8月第1次
印　　张　8.75
字　　数　175千字
开　　本　880mm×1230mm　1/32
书　　号　ISBN 978-7-221-14678-6
定　　价　30.00元

她来了，女神探希娃小姐

《女神探希娃》（中文版）系列悬疑推理小说序

日本“侦探推理小说之父”江户川乱步曾说过：“要写出堪称一流的文学作品，却又不失去推理小说的独特趣味，是非常困难的事情。但是，我并不完全否认成功的可能性。”不得不说，这种可能性在《女神探希娃》系列悬疑推理小说中得以完美实现。

众所周知，第一次世界大战和第二次世界大战之间这段时期，被称为是西方侦探小说的“黄金时代”。当时，仅英美两国，就出现了数以千计的侦探小说。阅读侦探故事已不仅仅是有钱阶级的一种消遣，下层阶级的人也竞相阅读起来，这无疑刺激了侦探小说作家们的创作热情。于是，密室杀人等罪案侦破题材被大家争相追捧，“谋杀案”逐渐成为了每一部小说必不可少的元素。人们热衷的不仅仅是善恶的斗争，罪犯的作案手法和动机才是被关注的重点。在那段时间里，侦探小说作家们绞尽脑汁，创作出了一部部令人拍案叫绝的优秀作品，不少别具一格的侦探形象也由此而诞生，并流传于世。

《女神探希娃》系列小说的作者帕特丽夏·温沃斯，一生亲历两次世界大战，历尽人间疾苦。她的丈夫在第一次世界大战的军舰沉船中丧生。为了养活三个儿子和一个女儿，帕特丽夏拖着病弱之躯，开始废寝忘食地进行创作，没想到一举成名，家喻户晓，成为英国密室杀人小说的开山鼻祖。是她，将密室杀人小说的模式发扬光大，使它成为最引人瞩目的一种推理类型。帕特丽夏也因此成为英国推理小说界的代表人物，与“侦探小说女王”阿加莎·克里斯蒂双姝并列。《女神探希娃》是帕特丽夏最为成功的系列小说，故事情节惊险曲折，引人入胜，构思令人拍案叫绝，赢得了英国民众的喜爱，在英国媒体《每日电讯》和犯罪文学协会举办的公众评选投票中名列前茅。不仅如此，该系列小说在美国、德国、法国、荷兰、意大利、葡萄牙等国家也广为流传，并跻身于各国畅销书排行榜前列。

希娃小姐是帕特丽夏塑造得最为成功的一个人物形象，说她的影响力不亚于“神探福尔摩斯”也不为过。初次拜读该系列的原版小说时，我便对小说中那个优雅老练、有点另类还带点神经质的女侦探希娃小姐的形象产生了莫名的好感。希娃小姐只是一名普通的退休家庭女教师，却干起了私人侦探的工作。她为人彬彬有礼，讲话时总是爱引用丁尼生勋爵的诗句，看起来弱小而又无害，这恰恰成为她与受害人亲属打成一片的便利条件，情报总是来得异乎寻常的轻松。她心思极其机敏，但外表波澜不惊，喜欢在倾听与案件相关的描述时有条不紊地摆弄针线活，而往往在她眼神流转之间，案情便已见眉目。这种平和安静的气场，却暗藏着出其不意的震慑力，让她自如地奔走于警察局以及名门大宅之间。不管是谎言、伪装、杀机，还是试探，在她面前都无处遁形。

生活的百般苦难使帕特丽夏洞悉了生而为人的种种原罪——贪婪、傲慢、怨恨、残暴……因而造就了她笔下人物的血肉灵性。

如果说阿加莎·克里斯蒂是心理博弈与气氛营造的大师，那么帕特丽夏·温沃斯则是剖析人性与密室设计的专家。《女神探希娃》系列悬疑推理小说，记录了种种离奇的谋杀案件，它的主角常常是柔弱的女子，身处亲情、爱情、友情的种种旋涡之中，挣扎、徘徊、抗争。小说的背景往往设置为英国的上流社会，涉案人物大抵有着复杂的身世，特权阶层中的尔虞我诈、钩心斗角，金钱腐蚀下人性的贪婪与不堪被帕特丽夏刻画得入木三分。财富与亲情，孰重孰轻？爱情与婚姻，是否等价？情感与金钱的矛盾，人性与智慧的较量，均在作品中表现得淋漓尽致，令人读时兴致盎然，读后意犹未尽。

《女神探希娃》系列悬疑推理小说，全套共32册，由于种种原因，一直湮没在历史的长河中，未曾整体翻译引进到中国内地，实为憾事。此次，应广州原典纪文化传播有限公司之邀，我主持翻译了《女神探希娃》系列小说中文版，并得到了贵州人民出版社策划部主任陈继光老师的大力支持，在此深表谢意。同时，也要感谢参与本书翻译的诸多译者，感谢他们为全球华文读者奉献了一套风格迥异、独具特色的推理小说典范。

让我们在美好的阅读时光中，记住这位神奇的女侦探：莫德·希娃！

郑榕玲

二〇一八年五月于广州

目录

第一章
重生

扫码听本章节
英文原版朗读音频

食品办公室里的空气冰冷又潮湿。这个时候出去呼吸新鲜空气肯定很棒。当然，如果能快点结束这件事情肯定也很棒。她实际上并没有等待很长时间，但她觉得自己已经不耐烦了。她经历了很多事情，甚至是死里逃生，现在却为了定量供应卡在这里浪费时间排队，想想真是失望。她是死而复生的安妮·乔斯林，现在正排队等着领取供应卡，而不是给菲利普打电话。

队伍前面的人群移动缓慢。她开始想菲利普，毕竟从她死去到现在，已经经历了三年漫长的时光。菲利普成为鳏夫也三年多了，再过半小时后就会有人给他打电话，电话里的声音——安妮的声音，会告诉他一个好消息，安妮·乔斯林没有死。她满心欢喜地继续想，得告诉菲利普他再也不是鳏夫了。

万一他不在……一种奇异的刺痛感突然闯进她的脑子，并迅速遍布全身。这种感觉真实得就像如果她继续往前走，迈出下一步时会发现脚下的地板崩塌，她的脚正悬空在一个无底深渊一样。她一时有些眩晕，不一会儿又好了。菲利普会在的，如果她联系不到他，一定会把关于他行踪的消息谨慎地通过各种渠道，传达给那些能帮助她的人。他曾经去过埃及和突尼斯，负伤后被遣送回国。他的伤痊愈之后就在军事部任职。他会平安无事地在那里，在乔斯林庄园——睡在塔楼的房间里，在露台上闲逛，在马厩里转悠，脑子里想着现在能用安妮·乔斯林的钱做的所有事情，因为她已经死了。当然，他必须等到战争结束。但要阻止菲利普停止对乔斯林庄园打主意，比阻止一场世界大战还艰难。是的，他会在那里的。

她在队列中向前移动了一点，然后接着想，万一他又结婚了……她像是被什么锋利的东西猛地刺了一下，咬住嘴唇。不——她应该会听说的，她应该会被别人通知，提醒……会吗？会吗？她抬起头，张开嘴大口呼吸着。不，不能随意猜测，不能胡思乱想。话虽如此，她还是觉得菲利普不会再婚。她缓缓地摇了摇头，她觉得他不会。他既有钱又有房子，不想急于被婚姻重新捆绑起来。毕竟上一段婚姻不是特别完美，一朝被蛇咬，十年怕井绳。她的嘴角勾起一丝淡淡的微笑，觉得菲利普不会因为自己依旧是一个已婚男士而感到快乐。

她前面有三个人——一个非常壮硕的女人，拎着被装得满满当当的购物篮；一个提着网兜有些邋遢的家伙；一个驼背的老人。

那胖女人正竭尽全力地解释她是如何丢失定量供应卡的："正常情况下我是不会这样的，马什小姐，但我想人总会偶尔丢些东西，我也是。虽然我的丈夫说了好多次'把供应卡给妈妈——就像放在教堂一样安全'，但是我也不知道我是怎么了，把它放在了我一定能找到的地方，但当我回家的时候，只看到爸爸的、厄尼和凯丽的，还有来串门的嫂子的，就是没看到我的。所以我回到之前的商店翻了个遍，但没找到，也没人见过……"

柜台后的女人拿着本书从里面钻了出来。"你在大街上丢了它。"她的声音透着无奈，"下午好。"

那个有些邋遢的女人凑上前，靠在柜台边小声咕哝着什么。

安妮站在后面，高挑苗条，美丽出尘。她越过驼背老人弯曲的肩膀向前看着，并微微哆嗦了一下，于是她拉了拉身上的毛皮大衣。她的头发披散着，被衣领裹在衣服里，形成一个乱糟糟的波波头，虽然看起来有些干枯，疏于保养，但是发质很浓密，只要稍微打理一下便会光彩夺目。现在头发看上去像是被太阳灼伤的浅棕色，颜色暗淡。她没戴帽子，一缕长长的刘海儿从额前分落在两边，勾勒出一张细巧的鹅蛋脸。挺直的鼻子，苍白却线条柔美的嘴唇，深灰色的眼睛，上方纤细的眉毛颜色倒比头发深得多。

她紧紧拉着的大衣十分漂亮大方，柔软的深色毛皮使她觉得很舒服。再等一下就可以去做头发了，她靠这个想法使自己兴奋起来。估计十分钟后，这个定量供应卡的事情就可以结束，接着她就可以去剪头发，再烫个大波浪，然后看看还要不要涂上蜜粉和唇膏。她知道自己看上去糟透了，菲利普肯定不想看到她这个样子。

现在已经不到十分钟了……不到五分钟了……说话小声的女人已经走了，老人走上前去。她挪动脚步到柜台边的空地，把手提包放在柜台上。手提包和大衣一样，看起来曾是价格不菲的高级货，但有些地方已经磨破了。深棕色皮革上那个烫金的首字母“A”也早已褪色，还缺了一块。安妮打开手提包上的扣环，拿出一个定量供应的小册子，从柜台边递了过去。

“可以麻烦你给我一个新的册子吗？”

马什小姐拿起小册子，面无表情地端详片刻后，扬起眉毛说：“这册子可真够旧的——像是很久之前的了。”

安妮凑近了些，说：“对，没错儿。你看，我刚从法国回来。”

“法国？”

“是的。德国人侵略那里的时候我被抓住了，然后设法逃了回来。你看能给我一本新的册子吗？”

“这个——不行，我恐怕不能给你。”她迅速地瞥了眼册子的封皮，“乔斯林女士。”

“但是我不能没有定量供应册啊。”

“你住在这附近？”

“不是——只是路过。”

“这样的话我们就不能帮你做些什么了。你应该去你的住所附近领取定量供应的册子——虽然我也不是很确定……你带身份证了吗？”

“带了，就在这儿。幸运的是，身份证还有一些衣服一直被我的一个朋友保管着。不然我只能穿着一堆像是从死人堆里捡来的破布了。”

马什小姐盯着安妮，有些紧张地说：“我想我最好问问克拉特巴克小姐。”她从座位上滑了下来，离开了。

大约十分钟后，安妮回到大街上。她刚刚填了张表格，领取了一张为期两周的应急卡。之前的旧身份证没有上交回收，而是要等到新的身份证签发为止。她穿过马路，走进一个电话亭。

第二章
旧事

扫码听本章节
英文原版朗读音频

阿米蒂奇夫人看着手上她正编织的空军套衫，时不时地缝上一针。她高大美丽，性格十分温厚，身穿老式的花呢套装，头的一侧戴着顶破旧的毡帽扣住一只耳朵。一根水红色的缝衣针被她插在乱蓬蓬的头发里，头发的颜色比年轻时的亮金色暗淡了不少，与布满皱纹和斑点的皮肤相得益彰。她的眼睛亮晶晶的，嘴巴也是一派宽平祥和的样子。她承认自己的样子和这个房间格格不入，但是她也总变着法儿安慰自己说：“应该是这房间和我不搭。”

这个房间是安妮·乔斯林结婚的时候装修的。它华丽又传统，再加上那些装饰配件——各种罩着印花棉布的家具、蓝色的窗帘，还有考究的瓷器，非常适合年满 20 岁的年轻新娘居住。洁白的壁炉台上描绘着四季优美的景色。角落的橱柜里，各色鲜艳的茶具映射着从窗帘透进来的斑驳日光。所以，在这个环境里穿芥末色的花呢套装显然很怪异，阿米蒂奇夫人却对此泰然自若，毫不介意。

她俯身凑向她的侄女琳德尔——此刻正坐在壁炉前的地毯上，往火里丢着冷杉树球果的姑娘，以她一贯事不关己的口气说："这场战争至少还有件好事，如果还要继续坐在这个富丽堂皇、到处散发着铜臭气息的客厅里，我肯定会发疯的。就像那些几天前给《每日镜报》写信的女孩儿们一样。"

琳恩皱皱鼻子，问："什么女孩儿？"

阿米蒂奇夫人把头发里的缝衣针抽了出来。"三个女孩儿，"她说："她们厌倦了她们的工作，她们说每天面对着那些事都要发疯了。我如果再待在这个有7个大吊灯50面镜子的房间里，也要疯了。"

琳德尔吹了个口哨："只有6面，亲爱的姑姑，我昨天才数过。吊灯也只有3个。我虽然也觉得再继续待下去会发疯，但这房子哪里富丽堂皇了？"

"因为安布罗斯·乔斯林爵士——安妮的祖父和菲利普的叔祖父，用他妻子的钱建了这个房子。我猜他这样做是为了惹他妻子生气，你知道他们的关系并不好。她离开了他，他却先想着用她的钱，建了这个会客厅和那个夸张的北楼。我猜她是忍无可忍了，在他花掉所有钱之前处理了财产，否则就没有什么东西能留给安妮了，那样的话，菲利普肯定会卖掉乔斯林庄园的。所以这屋子里的一切都是最好的。哦——天哪，我漏了一针。"

琳恩咯咯笑了起来。她身材纤细瘦小，皮肤苍白，有一双相当漂亮的灰色瞳仁和一头柔软的黑色卷发。她伸手拿起套衫："两针，亲爱的。你不应该让视线离开绒线球的。最好把它给我。"

"不，我自己可以弄好——只要我集中注意力。嗯，我想这对菲利普来说是幸运的，因为安妮和钱都在。虽然人们现在不热衷表亲之间的婚姻了，但现今的流行趋势也太滑稽了，维多利亚时代的小说里，甚至是近亲之间也有结婚的，安妮和菲利普只是表亲而已。况且菲利普承袭了头衔和封地，安妮有足够的钱来维持生计，所有人都觉得他们真是天造地设的一对儿——除非他们自己不想在一起生活下去了，因为安妮她……唉，安妮……"她的声音越来越小，渐渐消失了。她开始数刚刚错漏的针。

琳德尔红了脸。"安妮以前很可爱。"她说。声调轻快柔和。

阿米蒂奇夫人摆弄着绒线，使它乖乖地缠在水红色的缝衣针上，嘴里含糊不清地说："是啊，安妮以前很可爱。"

琳恩的脸更红了："她'以前'？"

"哦，是的，我亲爱的，"阿米蒂奇夫人眨了眨她亮晶晶的眼睛，"我当然记得，之前，你还是在校女学生的时候——用你们年轻人的话怎么说的来着？——迷上了她，对不对？我记不清了，但在那之后你几乎没有再见过她，不是吗？"

琳德尔摇了摇头："只在婚礼上见过她一次。但我永远都不会忘记战争前一年的暑假，安妮和她的姨妈来这里拜访。那时我想让安妮讨厌这里简直是太容易了。你看，当时这里只有你、肯达尔夫人、菲利普和安妮。安妮 19 岁，刚成年，而我只有 16 岁，还是个招人讨厌的小个子。我一定烦人透了，但是安妮很好。大多数女孩儿都有点自命不凡，不喜欢和像我这样的人在一起，但是她很好。她不管走到哪儿、干什么都带着我。她真的太好了。如果婚后菲利普和安妮有什么矛盾，肯定是他有错在先。”

米尔维德·阿米蒂奇看着她手里已经织得乱七八糟的东西。“他们都有自己的生活方式，”她说，“这两个人都像个孩子。安妮漂亮又有钱，但是她没有发现，嫁给像菲利普那样骄傲的人，钱不能解决所有问题。”

琳恩看着她，一脸诧异：“菲利普他骄傲吗？”

“哦，我亲爱的，他当然骄傲。”

“是吗？”

阿米蒂奇夫人耸了耸肩。“好吧，好吧，”她说，“总之，他们之间没有那么多时间来揪出对方的错儿，不是吗？也许他们之间根本就没有什么问题，或者他们曾经出了点问题，但又和好了。现在操心这些根本没用——她死了，所以，你把她想得多美好都可以。”

“她对我很好。”三次重复的话像是引起了内心诉说了千遍的忠实和悼念，“她对我好到让我当她的伴娘。”

她起身走到房间的中央，歪着头，望着壁炉台上的一张画。这是艾默里著名的作品《穿皮草的女孩》，是在安妮·乔斯林结婚几周后画的。柔软的深色毛皮罩在紧身的蓝色连衣裙上面，下垂的珍珠轻微晃动。鹅蛋脸被上扬的红润嘴唇点缀得满面春风，加上一头清爽洒脱的金色卷发，画卷上青春和幸福正温柔的绽放。画像里的安妮·乔斯林栩栩如生，好像她还活着。这个没戴帽子、拉着大衣的年轻女孩儿，笑盈盈的，像是她的派对才刚刚开始——她向所有的来宾微笑。一年后，她死于在黑暗的布兰顿海滩 [注：法国地名。] 上的机枪扫射中。

琳德尔睁大了眼睛，久久地盯着画像。在灯光的照射下，画像里几乎所有的色彩都开始熠熠生辉。安妮的房间，安妮的画像。但她却在她 21 岁的时候死了。琳德尔的心里突然冒起一团怒火，转向米尔维德·阿米蒂奇。

“你为什么不喜欢她？”

编织的衣服被阿米蒂奇夫人夹在膝盖中间，她有些惊讶地眨了眨眼睛：“我亲爱的孩子，我几乎不怎么认识她。安妮的母亲玛丽安和乔斯林家的关系不是很好。你要知道，玛丽安是安布罗斯的女儿，她从小到大都认为她父亲是个怪物。安布罗斯又娶了另一个女人，还生了一个男孩儿——你可以想象此后他们之间的关系有多糟了。所以玛丽安讨厌乔斯林，并潜移默化地影响安妮和她一样讨厌乔斯林，直到她去世。她的嫂子肯尔达夫人是个很明智的女人，她允许安妮和我们交往。没错儿，我也是乔斯林家的人，在我姐姐嫁给菲利普的父亲之前，我们一直和其他人在一起，直到安妮 19 岁时我才见到她。”

琳德尔用谴责的目光盯着她，问：“你为什么不喜欢她？”

她说的“喜欢”意思是“爱”，不爱安妮又怎么会了解她？谁能说清楚。

米尔维德·阿米蒂奇轻轻发出了一声不耐烦的咕哝：“我不知道！像我这个年纪的人都看不惯活得匆忙的人。她年轻，漂亮，还有很多钱，肯达尔夫人想让她嫁给菲利普。她就听话地嫁给了他，只不过还没有维持足够长的时间，好让别人知道他们之间的危机。”

“但是你不喜欢她！”伴随着琳德尔因愤怒而颤抖的质问，米尔维德·阿米蒂奇向她露出一个大大的讨好似的笑容。

“你看你生的什么气，总是没办法好好控制自己的脾气。是简·肯达尔希望安妮嫁给菲利普的，又不是我。”

“你为什么不希望？”

“因为他们是表亲。我想两个性格如此相近的人是不会互相包容的。乔斯林家族的人都有一个致命的弱点，就是傲慢任性。”

“安妮不是这样的！”

“她不是？她想和菲利普在一起，她就嫁给他了。”

“她为什么不能嫁给他？”

“没有什么理由能阻止他们在一起，但她的母亲也许宁愿死也不希望她这么做。我没有责怪安妮，我没有责怪他们任何一个。没有理由阻止他们结婚，而且就算有什么，也不能造成多大的改变。乔斯林家族的人就是这样的。看看那个特丽莎·乔斯林吧，早就离开了这儿，现在住在法国的英式城堡里。为什么？还不是她喜欢安布罗斯的私生孙女，又因为钱和家里人大吵了一架。乔伊斯——对了，就是这个名字——安尼·乔伊斯。安布罗斯称呼他的情人为乔伊斯夫人，这是他能想到的离乔斯林最相近的姓氏了。然后他的私生子罗杰，也随了这个姓。安尼·乔伊斯是罗杰的女儿，不过这能说明什么呢，安布罗斯没有给他们留下遗产。天天嚷嚷着证明自己表亲地位的特丽莎昏了头了，希望家族能接受安尼·乔伊斯——那个私生孙女，并给她一份财产。但是没有人这样做，特丽莎就和所有人翻了脸，头也不回地去了法国，租了栋城堡。她腰缠万贯，大家以为她会把财产都留给安尼·乔伊斯，但特丽莎没有，她把钱给了安妮·乔斯林。她让安妮去法国找她，并告诉安妮她还会给她更多钱，但安妮必须友善地对待对安布罗斯的私生孙女。那个可怜的姑娘是个孤儿，又被家族剥夺了她应有的权利。菲利普认为她说的话简直是一派胡言，是特丽莎自己神经过敏罢了。”

琳德尔眼里冒着怒火，她痛恨不公平，她爱安妮——这两件事似乎一直在她心里纠缠不休——随即像个无理的孩子般说道：“她为什么要这么做？”

“特丽莎？因为她是乔斯林家族的人——她想干什么就干什么，她对安尼·乔伊斯的狂热幻想结束了，就要变个新的花样儿折磨安妮·乔斯林。特丽莎来参加婚礼时，还同时搂着她们俩的脖子，真是个讨厌的女人，惹得双方都不痛快。说实话我真惊讶，她之前是怎么忍住不参与家族里的事，义无反顾地去法国的。这场婚礼刚好是个非常完美的能让她回来的借口，我相信她早就迫不及待了。她早已经厌倦了曾经的宝贝儿安尼·乔伊斯，准备寻找新的爱好。我原以为她将回到英国生活，但没想到她生病了。那时法国的战事开始升温，她派人告诉安妮她没办法再回来了，想见她一面。安妮和菲利普就为这个开始天天争吵不断，两个人都各执己见，互不相让，菲利普不让安妮去法国，安妮则一定要去。我没想到他们竟然有那么大的火气。”

“菲利普没有权利生气。”

“我的小乖乖，当两个结了婚的人开始谈论各自的权利时，他们之间肯定出了很严重的问题。”

琳德尔说：“他们和好了吗？”

“我不知道。”

“如果他们没有和好那就太糟了。”

米尔维德·阿米蒂奇心里盘算着，菲利普离开英国的时候，估计没有什么心情去想和好的事情。她还没见过他生那么大的气。她本不想把心里的真实想法说出来，却还是说：“他当时非常生气——天哪，我们为什么要谈论这个？这个可怕的闹剧已经结束了，还不如就此忘了这件事，而不是像《圣经》里罗特的妻子那样因为好奇，拧过肩膀回头看，这姿势难受又毫无意义，最后还会被变成盐柱子。你看看，就因为你像只秃鹫一样盯着我，我已经织漏了快 50 针了。”

“秃鹫才不盯着人看呢——它们的眼睛上都有个讨厌的遮光小罩子。”

米尔维德·阿米蒂奇听后开怀大笑：“快过来帮我接针，顺便聊聊那些关于自然历史的事。”

第三章
回家

扫码听本章节
英文原版朗读音频

刚过八点，菲利普打来电话：“喂？……琳恩？……好的，你告诉米尔姨妈，我可能在明天中午回来，不知道能不能赶上吃午餐。应该对午餐的定量没有什么影响吧？”

琳德尔笑道：“我想有的。”

“好吧，但不到跟前我也说不好确切的时间。反正今晚我是回不去了。”

“我知道了。对了——今早有人打电话找你。”

“谁？”

“我不知道。她没说名字，只问你是不是在家。我说你在伦敦，她又问了你什么时候回来。我告诉她，你今晚不回来的话就得等到明天了，然后她就挂了电话。我猜她打的是长途，电话声特别小。”

电话那头菲利普笑了起来："电话里的神秘声音——接连不断的谜团是吧！哈哈，不用担心，我想她还会打过来的。告诉米尔姨妈我爱她。"

"你就什么都不做，等着她再打来？"

"是啊——毕竟我已经过了好奇的年纪了。再见，亲爱的，乖。"他挂了电话。

琳德尔放下听筒回到壁炉边。她换了身看上去很暖和的绿色家居长袍，而阿米蒂奇夫人则穿着一套看不出样式的咖啡色棉绒衣，上面是一圈使这衣服更难看的毛领子。

琳德尔说："是菲利普打来的。"

"我想也是。"

"他不知道明天能不能来得及赶上吃午餐。"

阿米蒂奇夫人从来都没忧心过这些事情，她点点头，说了句和这个完全无关的话："你和菲利普不是表亲真的太好了。"

琳德尔向前弯着腰，给壁炉的火添了根木头，长袍的宽大裙摆由她纤细的腰肢开始，下垂绽开成好看的喇叭形状。火光像是刺痛了她的脸，她喃喃道："为什么？"

"我就是觉得是件好事。乔斯林家族的人尽管都很完美，露易丝[注：露易丝·乔斯林，菲利普·乔斯林的母亲。米尔维德·阿米蒂奇的姐姐。]和菲利普那个非常有魅力的父亲在一起时，特别开心。这是乔斯林家族与生俱来迷人的魅力。但是你不一样，你身上有很多他们没有的优点。"

这时，前门的门铃响了起来。安妮·乔斯林站在黑色的台阶上等着开门。她乘坐从克雷福德一路赶来的计程车，此刻正在她身后的碎石子路上打开引擎，弄出不小的响动后便开走了。车子的声音越来越小，安妮还站在门前等着回应。很快，她又按了下门铃，就在同一时刻，门上锁里的钥匙转动了。门被打开一条小缝儿，一个年轻的姑娘向外打量着。当看到门口站着一个女人，她便后退了一步把门敞开了。

安妮·乔斯林走了进去。“菲利普先生在家吗？”

艾薇·福赛特有点不知所措，一般客人们是不会在天黑后就这样走进来的，尤其是最近这些天。但来者是个穿着漂亮皮毛大衣的女士。艾薇看着她的眼睛说：“不，夫人，他不在。”

这女士停住脚步，问：“那谁在这里？今早又是谁接的电话？”

“阿米蒂奇夫人，和琳德尔小姐——琳德尔·阿米蒂奇小姐。应该是她接的电话。”

“她们在哪儿？在会客厅吗？你不用去通知她们了——我自己过去。”

艾薇很纳闷，呆呆地看着她离去的身影。

“她从我身边走过时就当我不存在一样。”艾薇立刻把那女人的事告诉了厨房的伙计们，老厨师拉梅奇太太责备她说：“你怎么不问问她的名字！”

“我根本没机会插嘴！”

安妮穿过门厅，从门廊看过去，会客厅就在它后面。她看到了那个被伟大的安妮女王赐予的被白色画框装饰的名牌。第一位安妮·乔斯林就是女王的教女。

安妮抓着门把儿站着犹豫了片刻，接着解开大衣，露出下面那件蓝色的裙子。她心跳加速，能活着回来可是件大事。她有点庆幸菲利普现在不在家。安妮打开门，站在门口向里面看去。

天花板上的吊灯，窗边垂落的蓝色窗帘，明亮的炉火和那白色壁炉上的四季彩绘。当然，还有彩绘上面那张《穿皮草的女孩儿》画像。她审视着画像里的女孩儿良久，就像看着镜子里的自己。她觉得这画像已经完美得像面镜子，随时反射出她自己的模样。

房间里有两个人。壁炉的右边，是米尔维德·阿米蒂奇，她的膝盖上放着一张报纸，其余的则零乱地散落在她脚边的蓝色地毯上。这个邋遢女人，和她永远都没话说，安妮心想。没错儿，她“肯定”会在这里，看来是打算常住了，我得想办法改变这一切。壁炉左边，是拿着本书蜷缩在地毯上的熊孩子琳德尔。

米尔维德·阿米蒂奇突然捏紧报纸，发出沙沙的声音。琳德尔也跳了起来，手里的书滚落到前面的白地毯上，她被自己长袍裙摆绊了一下，急忙抓住旁边空椅子的扶手稳住了身子。她睁大的瞳孔剧烈地抖动着，脸色变得煞白。她看着被打开的门边，安妮·乔斯林正从她自己的画像后面款款走来——没戴帽子，一头金色的卷发，红润的鹅蛋脸。毛皮大衣敞开着，露出被珍珠点缀的蓝色紧身裙子。

与此同时，琳德尔听到米尔维德·阿米蒂奇倒抽了一口冷气，而她自己貌似从刚才就停止呼吸了。她看到安妮的一刹那，什么都停止了。接着，一个很不适宜，却抑制不住的想法钻进她的脑子：“感觉艾默里画得比本人更好看。”随即，她又被自己能有这个想法震惊了。历经了三年的苦难巨变，谁都会变得有些沧桑。内心一股强烈的情感使琳德尔无法思考，她只能意识到眼前的这个人是安妮，她还活着。琳德尔呜咽着飞奔过去，安妮向她张开双臂。琳德尔紧紧拥住了她，嘴里念叨着她的名字，泪如雨下。

“安妮——安妮——安妮……我们都以为你死了！”

“我自己也是这么想的。”

她们一起穿过房间。“米尔姨妈！见到你真的太好了，回到这里真的是非常非常好。”

米尔维德·阿米蒂奇被安妮紧紧拥抱了一下，她到现在还没能从刚刚震惊的情绪中回过神来。她亲了亲那张比三年前更瘦、脂粉更厚的脸颊。她已经不记得之前是否拥抱过安妮了，她们曾经有过的冰冷亲吻，也时隔很远了。她站在后面定了定神，竭力想说些话，但并没有什么好说的。这个冲击实在太大了，即便想说些什么，她觉得此刻最好也不要说。菲利普——她不能说、不能做任何会伤害菲利普的事。灾难将要发生的感觉隐隐而生，对于死人来说，三年半可是死了相当长的时间了。但是安妮回来了，这感觉让人有些害怕。“活着的人要团结起来。”这是谁说的来着？这句话没错，我们必须这样。这句话虽然听上去夸张，其实道理很简单明确。“天哪，她为什么会回来？”

琳德尔说：“亲爱的安妮——噢，亲爱的安妮！你能活着真的太好了。”

阿米蒂奇夫人记得自己是按着淑女的标准被培养长大的，她决定此刻也要让自己举止典雅。

第四章
谬论

扫码听本章节
英文原版朗读音频

第二天，菲利普到家的时候已将近 4 点了。他在门厅被米尔维德·阿米蒂奇拦住。“菲利普——过来，我想和你谈谈。”

“怎么了？”

她拉着他的胳膊离开门厅，向和会客厅方向完全相反的书房走去，那里和客厅有相当一段远的距离。书房和其他大部分房间一样，几乎没怎么用过，但四周的墙壁上依旧垒着满满的书籍。铁锈红的窗帘加上深色的靠背皮椅，营造出了一个使人身心愉悦的气氛。

书房门关上后，菲利普疑惑地看着米尔姨妈，他虽然很喜欢她，但是他希望她最好能说重点。看样子确实是有什么事发生了，米尔维德并没有直截了当地说，反而拐弯抹角起来：“我们想联系你来着，但他们说你已经离开了俱乐部。”

“对——布莱克特邀请我去他家了。出什么事了？琳恩呢？是不是琳恩出什么事了？”

“不是。”

米尔维德·阿米蒂奇心烦意乱地兀自想着：“看吧，他马上就想到了琳恩。他喜欢她——他越来越喜欢她了，但现在又有什么用？我真是邪恶的女人。噢，上帝啊，乱成一锅粥了。”她抬起颤抖的双手擦了擦下巴。

“米尔姨妈，怎么了？是有人死了吗？”

阿米蒂奇夫人极力控制住自己，勉强摇了摇头说：“比这更糟。”

菲利普有些不耐烦了：“那究竟是什么事？”

米尔维德·阿米蒂奇这次便脱口而出道：“安妮回来了。”

菲利普手里拿着帽子，胳膊上挂着外套，站在写字台边，和乔斯林家族里所有的男人一样高大英俊，但脸型要稍微长一些，轮廓更清晰一些。他的眼睛和安妮一样是深灰色的，眉毛也像安妮的，只不过菲利普的有点歪。他的头发像是被突尼斯的阳光灼烤过，呈现出淡淡的金色。他愣了一会儿后，转过身把帽子丢进椅子里，又把外套挂在椅背上，轻声说道：“你介意再说一遍吗？”

米尔维德·阿米蒂奇觉得自己快要抓狂了，她一字一顿地，像是对一个不懂事的孩子说话那样，又说了一遍：“安妮、回、来、了。”

“我知道你刚刚说的是这个——我就是想再确认一遍。你能告诉我这是什么意思吗？”

“菲利普——不要这样。你要再这样我就不和你说了。”

他皱起眉说：“我怎样了？”

“你很不正常。她还活着——她回来了——现在就在这儿。”

菲利普的声音从来没有这么刺耳过：“你是疯了吗？”

“目前还没有，不过我倒希望是我疯了。”

他镇定地说道：“安妮已经死了，是什么让你认为她还活着？”

“安妮她昨天晚上来找的我们。她现在就在这儿——和琳德尔一起在客厅。”

“胡说！”

“菲利普，如果你再用那种语气和我说话，我就叫了。我告诉你她还活着，我也告诉你她现在正和琳德尔一起在客厅里。”

“但是我也告诉过你，是我亲眼看见她死了，是我看着她被埋葬的。”

米尔维德·阿米蒂奇不由自主地打了个寒战，愤怒地说：“你说她死了有什么好处？”

“你的意思是我说了谎话？”

“她正和琳德尔一起在客厅里。”

菲利普走到门口，说：“那我们应该去加入她们。”

“等等！你还没做好心理准备。我先告诉你之前发生了什么。昨天早上有人打了电话过来，琳恩应该告诉你了。”

“然后呢？”

“是安妮打来的。她刚从一艘渔船上下来。她没有说自己是谁——只问你在不在家。昨天晚上差不多 8 点半的时候她来了，简直没把我吓死。倒也不怪你不相信我说的话。就在琳恩看安妮那张画像的时候，门打开了，她就站在那儿，简直就像从那幅画里走出来的一样——蓝裙子，珍珠，毛皮大衣。真的吓了我一大跳。”

菲利普走回去打开门，说：“安妮死了，米尔姨妈。我想我应该去看看到底是谁和琳德尔在客厅里。”

穿过门厅时他们谁也没说话，菲利普打开会客厅的门走了进去。他先看见了琳德尔，她坐在壁炉左侧一张大椅子的扶手上。琳德尔跳了起来，菲利普接着便看到了她身后坐在椅子里的那个人，穿着画像上的蓝裙子——那是安妮·乔斯林离开时穿的裙子。安妮·乔斯林的珍珠挂坠，安妮·乔斯林的金色卷发，鹅蛋脸，深灰色的瞳孔，以及弓形的眉毛。菲利普找准一个谁都没料到的时机，镇定谨慎地走了进去。

“演得真不错，”他说，“我都忍不住想为你的化妆技术和勇气鼓掌了，乔伊斯小姐。”

第五章
安妮

扫码听本章节
英文原版朗读音频

她离开椅子来到他面前，说：“菲利普！”

菲利普草草点了下头：“我是菲利普。但你不是安妮——我是说安妮·乔斯林。我想安尼·乔伊斯小时候在洗礼时，被赋予的大名就是安妮。”

“菲利普！”

“不过名字一样也没用，不是吗？我想问问，是什么想法让你能实施这个弥天大谎的？你太天真了，显然你以为我还在国外，不然就是因受伤躺在病床上，这样你就能轻而易举地成功了。现在看来，你已经骗到了琳恩和米尔姨妈，但你骗不了我。我告诉你为什么吧，安妮被枪击中后，是我抱着她上的船。她在船上死了后，是我带着她的尸体回的家。”

安妮注视着他的脸，说：“被你带回家的是安尼·乔伊斯，被你埋葬了的也是安尼·乔伊斯。”

“怎么可能。”

安妮说：“我想你是误会了——安尼被枪击中后，是我叫了出来。她一直抓着我的胳膊，而你在前面往船的方向走。我能感受到一颗子弹朝我们飞了过来，安尼松开了我的胳膊被击倒了，我叫了起来。你应该是因为晚上光线太暗，搞混了我们……我不知道……我不知道该说些什么。天很黑，那些人一直冲着我们开枪——你可能会弄错，我想你肯定会回来找我的，但你没有回来。”

菲利普轻声说道：“这就是你的解释——我把你丢在海滩上不管了？”

“我没有这样想，我相信——你认为你只是把安尼·乔伊斯留在那里而已。”

“说的什么疯话……”菲利普顿了顿，说，“事情是这样的。我抱着安妮上了船，当时还有雷丁一家也在船上。”他转向琳德尔，看起来像是在对她解释，“默多克和我一起坐的他的摩托快艇。我们到的时候，特丽莎早就死了，并下葬了，德国人也侵略了村子。我让默多克看着船，自己去了城堡，找到安妮和乔伊斯小姐后，给了她们半小时收拾行李。安妮告诉我说还有一些英国人躲在农场里，问我能不能带他们一起回去。她说皮埃尔可以去给他们通风报信。我问她农场里一共有多少人，她也不是很清楚——但知道有两个孩子。她找来特丽莎的管家和仆人皮埃尔，皮埃尔说躲在农场里的是位先生和他的夫人，还有他们的一儿一女，年纪都不大。农场是皮埃尔表亲的，这些人他都认识。所以我同意了，他们可以和我们一起走，但是必须得在一个小时之内到达海滩。但是，他们迟到了——他们就是那种永远不会守时的人。我们一直在等他们，等他们到的时候，德国人已经发现我们了。我走在前面，听到了安妮的尖叫，我赶紧跑回去把她抱进船里。当时什么都看不清，到处都是枪声。我又大声喊着安尼·乔伊斯，没听到任何回应，我就和默多克去找她。当时雷丁家的人也在叫我们，默多克抱了一个人从我身边走了过去——我以为是乔伊斯小姐。我们清点过人数，有默多克、我、一个男人、一个男孩儿，还有四个女人。人数没问题——只不过还有一个女人也被击中了。我们把船推离岸边，安妮一直没有恢复知觉，她被子弹打穿了头部。在我们的行程到一半的时候，我才发现乔伊斯小姐并不在船上。我们要确保船上六名乘客的安全，而且雷丁家的法国家庭女教师胸口中了一枪，伤得很重。我们没办法回去，回去只怕会更糟。海滩上的人肯定都会被德国人清理干净。好了，听清楚了吧？”菲利普转向安妮，“事情就是这样的，乔伊斯小姐。”

“我很高兴听你这么说。之前还一直因为你丢下我而难过很长时间。因为你丢下的不是安尼·乔伊斯——而是我，你可以想象当时你没有回来，我心里有多难受。我根本无法理解，但现在我明白了，事情也许就像你说的那样。你是有可能在黑夜里搞混了我和安尼。我相信你说的——你以为抱着我上了船。我想你一定是经历了一个很长很长的夜晚，我想……”安妮停住了，接着压低嗓音悲痛地说，“她被毁容了吗？”

“没有。”

“那第二天早上你还是没认出来她吗？我想——我想这也是有可能的。我们长得很像，你可能还是没有认出来，因为以后的事都接连发生了。我不想胡乱猜测，或让别人胡乱猜测是不是还有其他的可能性。”

菲利普说：“你这话倒使我感兴趣了，可以再说得明确一点吗？我非常想知道你所谓其他的可能性。”

“我不想把它说出来。”

“恐怕你必须得说。”

米尔维德·阿米蒂奇从刚刚开始就一直站在门口，她现在往前走去，坐在自己日常惯用椅子的扶手上。她觉得自己没办法再站着了，脑子里嗡嗡作响，眼前的家具也开始变得模糊起来。琳德尔没有动，双手紧紧地攥在一起，脸色苍白，瞳孔因恐惧剧烈抖动着。

安妮说道：“好吧，我是真不想说出来——我甚至都不愿意去想，菲利普。另一个可能性就是你把安尼·乔伊斯当作安妮·乔斯林埋葬了，因为你确信最后我肯定会死。如果当时你承认了被丢下的是我，那事情就不好办了。落实我的死因可不容易，还要花上好几年走法律程序。但你眼前就有条不错的捷径，不是吗？”

菲利普的脸色很难看，眼睛里满是冷漠和愤怒。米尔维德·阿米蒂奇发现自己竟然希望菲利普能咒骂出声或叫嚷起来。她的父亲和丈夫在生气的时候总会制造些噪声，这才是生气该有的样子。她希望菲利普能嚷出来。

然而，他却十分轻柔地说："所以这就是另一个可能性？我明白了——我在夜里把安尼·乔伊斯当成了安妮，当我发现后依旧放任这个错误发生，这样我就能得到安妮的财产了，是吗？"

安妮把目光移到一边，那双冰冷的眼眸很难长久与之对视。

"菲利普，不要这样。我并不想那么说——是你让我说的。但如果你非要坚持你所谓的那个不可能发生的故事的话，大家都会想我那么说。噢，难道你没看出来我在帮你吗？难道你没看出来为了我们共同的利益，我们必须要丢一些脸面吗？这件事确实是个很大的失误，你以为我想相信它不是失误吗？它必须是个失误，大家都应该去接受。当时你有三个月没见过我，我忧思过度瘦了不少——安尼也是如此，而且死人……"她的声音突然颤抖了一下，"死人看起来和活人也不一样。菲利普，不要接受得这么固执！我们都在纠正对方的错误，而我纠正那些错误——是因为它很重要，是因为我想说真话，菲利普！"

他后退一步："你不是我的妻子。"

米尔维德·阿米蒂奇已经没办法控制自己的舌头了，她能忍住这么长时间不说话已经很神奇了。她看着安妮手上那个蓝宝石戒指，说："安妮的结婚戒指内侧刻过字，不是吗？我记得你和我说过。"

"A·J·和日期。"菲利普说。

安妮摘下蓝宝石戒指，把它放在手心，走到米尔维德·阿米蒂奇身边。"A·J·和日期。"她说。

刹那间安静下来，没人做出任何举动。琳德尔已经感受不到了自己的心跳，这世上她最爱的三个人眼下都陷入了沉默。而且，并不只是安静，冰冷的空气中还弥漫着浓浓的怀疑和不信任——菲利普那冰冷的怒火此刻已让她刺骨难耐。琳德尔想跑出去藏起来，但谁都不能逃避自己内心的东西，它会紧紧跟随着你，你躲避不了。她依然站在那儿，听到菲利普说："安妮去法国之前就把结婚戒指摘下来了。我们因为她出国的事吵了一架后，她就把它摘下来了。"

安妮退后了一步，说："我又把它戴上了。"

"我已经丝毫不怀疑，你这是下定决心打算冒充安妮了。现在你也许想要告诉我们你的故事。刚刚你也听了我的故事，我想你肯定也有一个，你最好让我们都听听。"

"菲利普……"安妮的声音有些沙哑。她把戒指套回到手指上后，站直身子说，"我很高兴能告诉你我的事情，米尔姨妈和琳恩已经听过了。是皮埃尔帮助我离开的海滩。当时我们藏在一个洞里，直到枪击结束，我脚踝扭伤得比较严重，但德军下来清理海滩时并没有发现我们。等他们走了之后，我们也回了城堡，当时我又湿又冷，紧接着又得了病。德国人过来搜查时我正发着高烧，皮埃尔告诉他们我是安尼·乔伊斯，我和我刚去世的表亲已经在这儿住了十年了。他告诉他们之前这儿还有位英国女士，不过听说军队要来就已经离开了。他们给我请了医生，医生说我得了双侧肺炎，不能随意走动。这一病就拖了很长时间，德国人就不再管我了。痊愈之后，他们把我送到一个集中营里，但我又病了之后，他们就让我回去了。说完了，就这些。我和皮埃尔还有他的妻子住在一起。幸运的是，特丽莎表姐总是在房子里存着很多钱。我们在各种地方都找到了钱——薰衣草袋里，针垫里，书页的夹层里，她拖鞋前面卷起的地方。当钱找得差不多了，这个消遣也即将结束的时候，我开始感到绝望。”

“你为什么不寄信过来？”

“我害怕。德国人让我一个人待着，我不想做任何会刺激他们生气的事情。但我也写过两次——当时皮埃尔说有个机会能偷偷寄信回去。”

“那些信根本没有寄到，你是不是很惊讶？”

安妮看了看菲利普得意的表情：“噢，没有——我知道那只是一个机会。一个星期前，我得到了一个可以离开的机会。我不得不用光表姐特丽莎所有的钱，但我想这风险值得去做。到英国时，我钱包里只剩下 5 英镑了。但是现在不会再有大的变故了，所以如果你还想着赶我出去，恐怕你得给我提供资金，直到柯德林顿先生把我自己的钱重新给我为止。”

菲利普冷酷地考虑着这件事，他不能把身无分文的她赶出去，她也知道。但是她在自己的屋檐下的每一个小时里，都是在增加她的要钱概率。如果他自己出去……那乔斯林庄园就会成为安尼·乔伊斯的了，那他可真是该死了。

他毫不犹豫地说：“那是安妮的钱。”

安妮飞快地回应道：“是我的钱，菲利普。”

第六章
反论

“我还没见过这么特殊的情况。”柯德林顿先生说，“难办——太难办了。我想，你离开那栋房子也许情况能好一点。”

菲利普笑道：“我离开好让安尼·乔伊斯小姐得到房子？我对这可不感兴趣。”

柯德林顿先生皱起了眉，他的父亲和他经历过乔斯林家族四代的更替，这可是个难打发的家族。他曾参加过菲利普的洗礼仪式，也是从那时起开始了解这个人——他很喜欢菲利普，但也无法确定菲利普是不是像乔斯林家族的其他人一样难对付。律师们都擅长发现人类的天性。柯德林顿先生说：“类似这些身份证明的诉讼都很棘手，还会招致一笔不必要的利息额。”

“对我来说不算什么。”

柯德林顿先生面色凝重。“如果她提交诉讼……”他顿了顿，“你知道的，我没办法辩驳她不是安妮·乔斯林。”

“你没办法？”

“是的，我没办法。”

“你觉得她会赢了这场官司？”

“这我可没说。她说不定会在一系列考察盘问下崩溃。另外……”柯德林顿先生耸了耸肩，“你知道的，菲利普，她们的相貌出奇地相似，麻烦的是我们不认识熟悉安尼·乔伊斯的人，如果到时候我们能联系到他们——哪怕随便什么人——再精准的记忆也会变得模糊的。她 15 岁的时候就和乔斯林 [注：这里指特丽莎·乔斯林。] 小姐去了法国，如今也过了 11 年了。她临走时我还见过她一面——乔斯林小姐带她来过我的办公室。她比安妮大一两岁，脸更瘦一些，但相似之处是——那两双眼睛几乎一模一样，甚至颜色都相同。不过也就是这些了，她的头发颜色更深且直，不像安妮的是卷发。”

菲利普笑了：“头发可以染色烫卷啊。”

“我觉得这个会很容易被查证出来的。”

菲利普摇了摇头，说：“这个事米尔姨妈昨晚就提到了，乔伊斯小姐早准备好了一套说辞。那三年的潦倒早就损伤了她的头发，到英国后她立刻就去烫了卷。她在威斯特海温找了一个高级美发师——为这花了身上最后仅剩的钱。至于颜色，所有像她这样的时髦女孩儿都会使用提亮的洗发水，你知道的，安妮自己也用。所以这些都说明不了什么。”

柯德林顿先生在椅子里转过身。“菲利普，”他说，“你能告诉我你为什么会这么笃定她不是安妮？先前我走进房间，看到站在画像下的她时，简直……好吧，你知道的……”

菲利普笑道：“她就是喜欢站在安妮的画像下面。遗憾的是她不能总是穿着毛皮大衣，我承认，她穿着大衣的样子确实达到了惊人的出场效果，但她没办法在房子里还穿着外套。其他的东西也都是精心复制品——头发、裙子、珍珠——那幅画像是安妮生前就画好的。但你看不出她的变化吗？为什么安妮要穿成四年前的样子？你见过她在四年里只留同一种发型吗？我可没见过。”他笑了一声，“她为什么要想着还原成艾默里画的那幅画像，又在威斯特海温做了头发？如果她是安妮，就不会操心这些事。她完全可以随便穿件旧衣服，像部分女孩儿那样头上裹个围巾回家，那她肯定不会担心自己也许会被赶走的事情。就是这个女人乔装打扮，浓妆艳抹。安妮怎么会担心自己的身份被质疑？她也许根本就不会在意这些。”

柯德林顿先生缓缓地点点头：“这解释也不无道理，但我无法确定陪审团的想法。陪审团只看实际的证据，根本不在乎这些心里猜测和分析。”

“好吧，我刚说的只是其中一个，我确定她不是安妮的原因。另一个是——但恐怕你还会认为是我的分析。她长得很像安妮——如果安妮还活着就又大了四岁——她们看上去还是很像。但她不是安妮，如果她是的话，当我对她说话粗鲁时，她会生气地反击。我当时直言不讳，可她什么都没做只是背过了脸。我从没见过安妮这样。”

“在德国人的规矩下生活了三年半，她也许已经能很好地控制自己的情绪了。”

菲利普不耐烦地从椅子上站了起来：“安妮不会的——和我在一起的时候不会。”他开始在房间里走来走去，“你得想想那两个女孩成长的环境。安妮很迷人，又是被宠坏的独生女。她 18 岁就继承了家产，她很有魅力，除非你了解她，否则根本不会发现她的盛气凌人。我是在我说她不应该接受特丽莎·乔斯林的遗赠时发现的，我们大吵了一架，她还是去了法国。如果这是安妮，当我说她是安尼·乔伊斯的时候，她一定会抓狂的。但这个女人没有，而是以一个比安妮年长、比安妮强硬、比安妮谨慎的姿态站在我面前。”

“将近四年的德式规矩啊，菲利普。”

“但至少要花比 4 年更多的时间，才能成就这个冒充安妮的女人。看看是什么成就了她，她父亲是老安布罗斯的私生子，但是他错过了成为合法儿子的机会。如果安妮的祖母早一个月去世，毫无疑问，叔祖父会和他的情人乔伊斯夫人结婚，而年轻的罗杰也会成为罗杰爵士。但事实是，老人甚至懒得签遗嘱，安尼除了满腹牢骚外什么都没有继承。她 15 岁的时候，特丽莎试图让她加入家族，我没指望她们表现出自如的回应，能使这些不满烟消云散。在接下来的七年里，她一直生活在特丽莎的指使下。我的表姐特丽莎是个喜怒无常的人——可怜的女孩儿根本就不知道和特丽莎在一起，她会在收到糖的下一秒，被扇一个巴掌。她必须时刻谨慎小心——注意自己言行——不让自己的情绪失控。她为了特丽莎的财产服侍了她 7 年，但特丽莎骗了她。你不觉得当初的不满一定会随着时间的推移而增加吗？你不觉得这类女人会制订个计划夺回她想要的一切吗？”

“很有说服力。但冒充别人可不是轻易能成功的事。当然也有成功的事例，而且还会有人去做，但有可能暴露的陷阱也很多。在这件事里，当然，安尼·乔伊斯非常熟悉所有的家族历史，以及知道所有的家族照片。安妮·乔斯林小姐讲起八卦来不知疲倦，导致安尼了解家族里每个人的信息，安妮知道的她都知道。她们曾经一起在这里住过，不是吗？”

“她们一起住过一个星期，特丽莎坚持要带她来。那时我还在学校上毕业前最后一学期的课，错过了那次家庭纷争，我猜是特丽莎的自作主张。我父亲大发雷霆，母亲则一直在收拾地上被摔烂物件的碎片——可以说，收拾碎片时是大家唯一都觉得轻松的时刻了。”

“确实如此——对孩子来说是很难熬。”

“继续听我说。安尼有一周时间去熟识所有事物——第一次走进的大房子，第一次来到的乡村，我记得是我母亲告诉我的。怎么说，你不认为这种回忆能持续很久吗？这种短暂的印象强烈又持久。乔伊斯小姐能轻松地在房子和花园里辨别方向。”

“噢，她竟然可以找得到路，是吗？”

“你惊讶于这个？我可一点也不。我 15 岁的时候，和麦克拉郎家族的人一起站在苏格兰高地上合影时——同龄的安妮就来了这里。我想我现在应该从之前那个盲目的自我中走出来了，而且我也没有体验过精神上的摧残——安尼·乔伊斯有过。安妮在城堡里住了三个月，我没有说这是被设计好了的——不可能是——但如果你想想特丽莎，你都能想到她是怎么促使安妮把一切都讲出来的。”

柯德林顿先生点点头：“我同意安尼·乔伊斯和之前那些经典案例的申请人相比，能更好地熟知精确的细节。我猜她有安妮的毛皮大衣和裙子，安妮的珍珠、结婚戒指和订婚戒指，还有她的护照和身份证，这你怎么解释？”

菲利普依旧来回走动着，说：“我去接安妮她们的时候，给时间让她们收拾行李。安妮下来时手里提着一个，送给那个女人的包——这是她的结婚礼物，重要文件和首饰应该都在里面。两个女孩的其中一个拿着大衣——但我记不清是谁拿着了。”

“真不走运。”柯德林顿先生的舌头有点发干。

菲利普向他转过身：“听着，如果是我说谎，我肯定会说是安妮拿着大衣的，不是吗？我是真想不起来了。我只知道我抱安妮上船的时候她没有拿着。如果皮埃尔或安尼拿着，肯定带回城堡了。如果安尼就像她解释的那样觉得冷，她可能会穿上它。皮埃尔明明有几件外套，我不知道它们都去哪儿了。当时天特别黑，德国人又冲着我们开枪。安妮立刻就中弹了，安尼可能乘机拿了她的手提包，或者她早就拿了那个包——我不好说。”

“我明白，这些确实不是实质上的证据，派不上什么用场。她的笔迹呢？”

菲利普沮丧地说："她有三年半的时间练习安妮的笔迹，在我看起来很像，不知道专家会怎么说。"

"陪审团可不是专家。"

菲利普点点头："我总觉得他们会据理力争地指责我作伪证。"

"看在上帝的分儿上，别说陪审团的事了。这个女人不是安妮，我们必须得让她承认。她是安尼·乔伊斯，我想让你告诉她，作为安尼·乔伊斯，我认为她有权得到特丽莎·乔斯林的三万英镑。我告诉过安妮，我不会让她自己保管财产，我也在她死后告诉过你，我会公正地保管这些财产，直到我证实了安妮已经死亡。好的，她没死，她正和琳德尔一起在客厅里，也许正在看米尔姨妈收集的老照片。"柯德林顿先生大声说道。菲利普笑了起来："她们昨晚就开始看了。她做得还真是一丝不漏：'亲爱的米尔姨妈，你之前保存的老照片还在吗？噢，真棒，让我看看！你不知道我有多渴望看到那些亲切熟悉的脸。'当然，是那些她之前没见过的脸，我敢打赌，她会用最短的时间记住它们。"

柯德林顿先生飞快地说："你为什么允许她看？看照片这种事应该被禁止。"

菲利普耸了耸肩："不巧这事发生在我回家之前。琳恩像条狗一样跟在她身边，还觉得我……"他的音量突然压得低低的，"我不知道她在想什么。"

柯德林顿先生揉着他的膝盖，说："阿米蒂奇夫人本该更理智些的。"

菲利普打起精神往外走："噢，你不能怪米尔姨妈。她和琳恩都没有丝毫怀疑——直到我回到家。米尔姨妈现在已经有些动摇了——至少我是这么想的。但是琳恩她……”他转过身走回来说，“我们现在就得开始行动。我要你到客厅去告诉那个女人，她可以得到特丽莎的三万英镑，和一张附有‘安尼·乔伊斯’漂亮签名安全合法的收据。”

第七章
异心

扫码听本章节
英文原版朗读音频

琳德尔走出客厅，关上门。一时间她松了口气，甚至有种想逃离的幻觉。紧接着菲利普迈着愤怒的步伐走了过来，抓起她的胳膊就往外走。菲利普使劲带上书房的门，靠在上面说：“你真是够了，你到底在搞什么鬼？”

“没什么。”

“你他妈的就是在愚弄你自己！”

琳恩话到嘴边却忍住了，她想说的那些话，震慑着她的脸色比之前任何时候都要苍白，那些要脱口而出的话是：“我希望我是。”菲利普说她在愚弄自己，她想回答：“我希望我是。”这意味着她希望安妮没有回来给他们带来麻烦。但她不能希望这个——她从来都不希望这个。

菲利普轻蔑地看着她：“你他妈就是个小蠢货！你以你从未表露过的绝佳水平，破坏了我的计划。你到底想干什么？”

她站在他面前，宛如一个悲伤的孩子：“我做了什么？”

菲利普笑了：“现在更应该说说你没做过什么。只要是她不知道的事情，你就跪下来主动告诉她，不是吗？”

“你是说老照片的事？”琳德尔的声音透着不安，缓缓地说道。

菲利普一把捏住她的手腕：“看着我！她不是安妮，安妮已经死了。别低头——继续看着我！你为什么会认为她就是安妮？”他加重了手上的力度，“你真的这么认为吗？”

琳德尔抬头看着菲利普，但她一个字也吐不出来。他松开了她的手腕，退后一步，笑了起来：“你不确定，是不是？你怎么没话了？你要是确定，早就说个不停了。想让我帮你说说吗？”他把手插进口袋靠在门边，“起初你很确定——没有丝毫怀疑。你满脑子都是‘噢，让我们都享受这个喜悦吧，安妮没有死——她一直都没有死！’”

琳德尔依旧看着菲利普说：“没错……”

“但之后就没有那么开心了，是吧？”菲利普眯起眼睛看向她，“没有——那么开心。你只能把气氛炒热一点，也就是说，她要求的任何事你都会削尖了脑袋去做。”

“没错……”又卡住了，但这次琳德尔并没有张开毫无血色的嘴唇，而是用眼睛回答了菲利普，避开了菲利普的目光。

菲利普说：“如果不是因为我极度爱你，真想使劲敲敲你这个榆木脑袋。”

琳德尔全身的肌肉紧绷，使皮肤的颜色看起来比之前更加苍白，双手紧紧地绞在一起。

她说：“你不能……”

声音细小得只有十分敏锐的耳朵才能捕捉到，刚好菲利普的听觉很灵敏。

“什么？”等琳德尔那悲伤羞愤的目光重新回到自己脸上后，他说，“不能爱你——还是不能敲你的脑袋？”

“你知道的……”

他脸上浮现出笑意，但马上又收了起来。就在那一刻，几乎可以看到乔斯林家族的笑容是多么温暖柔和；就在那一刻，菲利普嘴角的线条变得舒缓，眼角透出一丝狡黠。但仅仅只有一瞬，琳德尔还没来得及感受那笑容带来的舒缓，便听他说道：“你说得很对，我知道我不能爱你，是因为安尼·乔伊斯正努力上演一个冒充安妮的好戏。就是这样——没错吧？”

“因为安妮——安妮是你的妻子。”这次琳德尔的声音大了点，但嘴唇并没怎么动。

菲利普用冰冷愤怒的语气说：“那个女人不是安妮，她肯定不是我的妻子！难道你猜不到我为什么会知道吗？你不会和一个女人结婚一年后还不了解她，我和安妮十分了解彼此。我们每一次争吵都会让我们更了解对方一些。这个女人不了解我，我们没有见过面——她彻头彻尾就是一个陌生人。”

琳德尔的眼睛里流露出痛苦，一些东西正不停地在她心里交织碰撞——一些想法，一些感觉，然后痛苦很快淹没了它们。

菲利普粗暴地说："你想做一个小小的牺牲者，是不是？就因为我爱你——但安妮还活着。就因为她会介入我们之间——安尼·乔伊斯一定会是安妮。就因为太痛苦了，你会做任何事来让她介入我们之间。我猜你觉得我会支持你的做法。好吧，我没有。"他伸出一只手，"过来。"

她走了过来，速度很慢，直到菲利普的手触碰到了她的肩膀。

"你以为我不知道你想干什么吗？首先，你确定她是安妮。接着，当你不是那么确定的时候，你会觉得这个想法是多么恶劣——怀疑这件事的自己是多么恶劣。然后，你觉得你会怀疑她是因为你并不是真的希望安妮能活着——当然这只是想想，你得尽可能当着她和所有人的面前，表现出自己是多么高兴。我不知道你做了多少牺牲——相当多，我能想到。希望这对你是个教训，不要试图隐瞒任何事情。因为你永远成为不了一个好的骗子，我总会找到你的破绽。"他把琳德尔拉到面前拥进怀里，胳膊搂着她的肩。

她长长地舒了口气："我做了很多不好的事吗？"

"我想是的。"

"对不起，我不是故意的。"

"我的孩子，'干坏事是由于缺乏思考，缺少心思 [注：托马斯·胡德的名言。]'。"

"你太可怕了。"

"那可是我的座右铭。"

"菲利普，我做了多少错事？"

“我们应该去算算——或者，等着看看 [注：原文为法语。]，如果你想用法语。我想你可能已经告诉过她很多，她知道的和不知道的事情，一些如果你不说她是不会知道的事情。”

“什么事情？”

“家族的事情——但大部分应该还是她从特丽莎那里听来的。关于邻居们的事——应该是她最容易出纰漏的地方，我想你应该就是告诉了她这些。”

琳德尔在他的臂弯里转了下身：“菲利普，这不公平。你讲点道理。安妮一直都不在，她回来后很自然地问起大家——他们的近况，现在在哪里，所有诸如此类的事情，难道不对吗？”

“那得看这事是怎么做的。我刚正想问你她是怎么做的。真聪明，我毫不怀疑，她是个比安妮聪明很多的人。安妮本就不聪明，但知道自己想要什么，基本上她也都得手了——如果没有，那她肯定会吵起来的。她既诚实又不遮掩，从没想过要旁敲侧击，但安尼·乔伊斯会这样。如果她想按自己的方式行事，她就得聪明点。我猜她一定练习过无数次了。现在，你能告诉我在邻居的事情上面，她表现得聪明吗？”

琳德尔咬着她的嘴唇：“菲利普，你这么说真的很可怕，一切都是真的。她想知道现在哪个房间还空着，难道安妮不能知道这些吗？还有战争中有谁失去了亲人，大家现在都在干什么——嗯，安妮就想知道这些事。”

“然后你就提到了相册？”

“菲利普，那件事也很自然。她问我为什么给我打不通电话，我解释说我是英国皇家女子服务队的成员，因生病请了病假。接着她便说想看看我穿制服的照片——还问米尔姑姑是不是留着她的快照？我说她留着，好让她可以把这些弄成影集。就这样，你明白了吧……”

菲利普明白了。牛奶溢出来就再也收不回去了，为这哭泣也不值得。

琳德尔看着他：“菲利普？”

“怎么了？”

“菲利普……”

“你还做了什么？”

“没有了。我想说你不能认为我同意你刚刚说的话。我觉得不会有人知道那些事情，除非是安妮。”

他嘲讽地扬起眉毛：“那是你不认识我表姐特丽莎。我向你保证，她可是把任何事都当成自己的事情，安尼·乔伊斯又和她一起生活了将近 7 年。”

琳德尔摇了摇头，看上去像是要把头上什么东西晃下来：“你已经做了决定了。菲利普，你不能这样。这会带着我往别的地方想，总得有人是公平的。我没有一刻不想安妮。我非常爱她。我想让她回来。如果她没回来，那真是个极其可怕残酷的玩笑。如果她回来了——如果她就是安妮，我们需要干什么？我们应该怎么对她？我一直在想这些事。回到家发现没有人接纳你——发现自己的丈夫不接纳你——这简直是最可怕的事情。我一直在想这些。”

菲利普离开了门，离开了琳德尔。

“别折磨你自己了，她不是安妮。”

第八章

和解

扫码听本章节
英文原版朗读音频

柯德林顿先生的面谈没有按计划进行——至少没有按菲利普的计划进行。已故的特丽莎·乔斯林小姐的三万英镑已被作为收据，上面还签着安尼·乔伊斯的名字，但安妮轻松地微笑着，像拒绝黄瓜三明治那样拒绝了它。

“亲爱的柯德林顿先生，我怎么可以！这不是合法的——我的意思是，我无法签下可怜的安尼的名字……”

“菲利普从没打算留下这笔钱……”他咬着嘴唇。他应该说菲利普爵士——如果他正和安尼·乔伊斯说话，那一定会这么说。他发现很难去相信他正在和安尼·乔伊斯说话，而不是在和安妮·乔斯林说话。

她就坐在他旁边壁炉的正对面，细长的小腿朝火的方向伸得笔直。她那头亮丽的卷发披散在脑后，枕着一个和她裙子颜色一样的蓝色靠垫——一幅非常闲适的画面，被她手指里升起的袅袅薄雾变得软化起来。她把烟从搭在椅子扶手上的手里拿开了些，笑道："不——菲利普绝不会让我留着它，这也是我们为什么会争吵的原因。你知道，我想他目前还没有想通，这也是他现在为什么变得这么可怕。我们都发了脾气——说我们都希望我们没有和彼此结婚——"她挥了挥手里的香烟，"发生了这样的事。当然他说得很对——特丽莎表姐没道理在她几乎收养了安尼后把财产留给我。我也不想接受它，柯德林顿先生，我真的不想——但菲利普又在这儿插了一脚，说我不能接受所有的财产，一般情况下我是忍受不了这些的。"她轻轻笑了笑，"菲利普真的是非常非常粗鲁，我当然也不可能让步，所以我们发生了争执，我便急匆匆地去法国了。而现在——嗯，我必须得解决这件事，但我觉得他并不想。我不明白他怎么会真的认为我是安尼·乔伊斯，这太荒谬了。他就是刚愎自用，你知道乔斯林家族的人的本性。"

柯德林顿先生发觉自己每过一秒就更加信服一分，他所注意到的变化是那些在当时的情况下很自然的东西。从他见她到现在已经四年了。她成熟了，比之前更瘦了，看上去就像是生了病。她身上的些许做派，仿佛就是她和外国人一起生活过的标志。对了，她是和外国人一起生活过，不是吗？这没什么好争论的。他说："你想要什么？"

她把烟抵在嘴唇上，不慌不忙地吸了一口。他们之间弥漫的烟雾更浓了。接着她开了口，眼睛没有看向他，而是盯着壁炉里的火苗：“我想和解。”

“我恐怕那并不容易。”

“是的，但这就是我想要的。我觉得不应该让我们的婚姻就此破裂，而不做任何补救。菲利普很照顾我，还和我结婚，我们有过一些美好的时光。我学会了不少——比如控制自己的脾气，这是其一。我猜他会用这个，来作为证明我是安尼·乔伊斯的原因之一。好吧，如果我在外没有学会怎么控制自己的脾气，那我和德国人在一起恐怕早就已经死了。你可以告诉菲利普这些。”安妮坐得离他近了些，手里夹着烟，“柯德林顿先生，帮帮我们。他想象自己爱上了琳德尔，而不想要我。我想尽一切努力挽救我们的婚姻，你能帮帮我吗？”

他没有回应，只是抬起手，又让它落在自己的膝盖上。这是他现在能做出最大的动作了。

过了一会儿，她换了副语气，说：“柯德林顿先生——我该怎么办？我不能签那个收据，但你能从中给我一部分钱吗？你看，不管从哪个方面看那都是我的财产。”

“恐怕不完全是。”

“好吧，接下来会发生什么？一切都不正常。我从没想过事情会成这样，我不知道该做什么。有什么我能做的——用正当法律手段做的事吗？”

“你可以就安妮·乔斯林的财产向菲利普提起诉讼。”

她看上去很苦恼：“噢，我不会那么做。”

柯德林顿先生敏锐地看着安妮：“不然菲利普会向你提出诉讼，

关于你身上戴的珍珠，还有其他属于他妻子的珠宝。在这两种情况下，判决将取决于你是否能够证明你作为安妮·乔斯林的身份。”

她脸上的愁容更深了，吸了口手里的香烟：“菲利普会这么做？”

“他可能会的。”

“这一定会很可怕，一定会被登在报纸上的。噢，我们不能这么做！我想……”

“什么？你想什么？”

“我想——噢，柯德林顿先生，这事不能私了吗？我想的就是这个。我们就不能把家族的人聚集起来一起做决定吗？就像在法国的家庭会议 [注：原文为法语。] 那样。”

“这种决定没有任何法律价值。”

她的脸红了，看上去既漂亮又活泼。“但是如果大家都同意，就不需要任何法律决定了。像你就不用在法庭上证明你是柯德林顿先生，因为大家都知道。就是因为菲利普一直在强调我不是他妻子，才需要借助法律。”

柯德林顿先生伸出手拦住了她的话：“等等——等等——安妮·乔斯林在法律上是已故的。就算菲利普认出了你，也需要办一些相关的手续。”

她急切地打断了他：“但是你都看到这一切了。根本不需要把它付诸法律，也不需要过多公之于众。我只不过是在大家都以为我死了的情况下回来了而已。”

“如果这样——假设菲利普认出了你，那其他人也不会有什么异议。”

她飞快地说：“还有谁会有异议？”

“菲利普的下一个顺位继承人——可以继承他头衔和财产的人。”

“应该是佩里·乔斯林，他会提出异议？”

“我无法告诉你其他人会做什么。这取决于菲利普是否相信你就是安妮。”在柯德林顿看来，佩里并没有给任何人带去麻烦，但他没有说。

她有些焦虑地问道：“他在哪里？你能联系到他吗？他没有出国？”

“没有——我想他住在伦敦附近。他结婚了你知道吧——两年前，和一个美国姑娘。所以你能看到他被照顾得很好。”

安妮点点头：“我明白了——这对他来说是件好事，如果菲利普结婚之后和妻子分居的话。”

柯德林顿先生一本正经地说：“我真的无法想象佩里脑子里怎么会冒出这个主意。”

她吸烟的姿态十分优美，微微一笑说：“我以为我们是从法律的角度谈这件事的。你不能把它当作个人的想法，让我们重新回到刚刚提到的家庭会议。把家族的人都聚集在一起——佩里、他的妻子，还有其他你能联系到的人，让他们说说能否认出我。如果他们能认出我，看来这件事就能结束了。我觉得菲利普也一定不会再那么固执，因为无论什么情况下，没有人会相信他反对所有的家庭成员。但如果他们站在菲利普那一边，那么，我会离开，称呼自己别的名字。但我不会称呼自己安尼·乔伊斯的，我是安妮·乔斯林，没有人能把这个名字从我身上夺去。”她那双精致的眼眸骄傲地闪亮起来。

柯德林顿先生赞赏并认可这个做法。他比以前更确定她就是安妮，她现在出落得很迷人，之前那个冲动任性的姑娘成为了一个迷人的女人。

她停顿了一会儿，接着用柔和的声音说：“柯德林顿先生，你会帮助我吗？我只想要一个能挽救我婚姻的机会。如果变成法律官司，那对我和菲利普来说就太迟了。不管最后发展成什么样，我们再也无法缝合之前的裂痕了。他太高傲了……”她停住了，咬着嘴唇。

柯德林顿先生理解她的意思。乔斯林家族所有的人都很高傲。他能想到报纸头条会对菲利普·乔斯林的声誉产生影响。他没有说话，但稍微低下了头。

安妮接着说：“那将是致命的打击。这就是为什么我绝不提起上诉，甚至是在他把我变得身无分文的情况下。你会告诉他的吧？我不想让他认为我会把枪抵在他头上，或诸如此类危险的事情。我希望你告诉他，我是不会在任何情况下起诉他的。我也相信他不会起诉我。家庭会议是一个完全不同的事情，没有公众，没有外人。我会尽力打消菲利普的疑虑。我不理解他怎么能认为我是别人，但如果他依旧这么想，我会尽全力向他解释。如果家庭成员都满意我的解释，我希望菲利普可以让我留在这里。我不要求他和我住在一起，但如果情况有变，我希望他至少能和我待在同一个屋檐下。如果他一定要住在城里，我也愿意去那儿。我只想有个机会能把我们之间的问题处理好。我知道这不容易，但我想我应该还有机会。如果在六个月之内不把它处理好，我会离开这里，还他自由。如果事情变成这样，我会让你做你所谓公平的资金结算。同时，我还有些事情得接着做下去——不是吗？你能和菲利普一起安排下会议吗？”她突然大笑起来，“这太傻了，是不是？我现在是个彻头彻尾的穷光蛋——我甚至买不起一包烟！”

第九章
决定

扫码听本章节
英文原版朗读音频

“我没发表任何意见。”柯德林顿先生说。

“你是说你对她没有表示任何意见。”菲利普的语气极其生硬，“你说得很对，这件事我几乎站不住脚。”

“我没这么说过。我想摆在你面前的，无疑是最好的解决方案。官司会很大程度上使当事人声名狼藉，英国没有哪个家族不讨厌这个方式。”

“我不打算承认安尼·乔伊斯是我的妻子，纯粹是为了避免我的名字出现在报纸上。”

“的确如此。但我想指出一点，上不上报纸你没有选择的余地。我对家庭会议这个想法没有发表意见，但我觉得你最好考虑一下。更何况这个想法除了有利于避免家丑外扬之外，还有其他好处。

私人询问可以立即开始——不诚实的原告会因此没有了收集信息和审理案件的机会。在私人询问中，原告将不受法院里证据法规的保护。任何人都可以向她提出疑问，而安妮不仅愿意而且急于开始这个测试……”

“安妮？”菲利普的声音有些黯然。

“亲爱的菲利普，那我应该怎么称呼她？非要为这个较真的话，那两个姑娘洗礼的名字可都是安妮。”这句话说出口时比柯德林顿预期得要热烈一些，他反省地说道，“你不能认为我感受不到你的态度。正因为我感受到太多了，所以我必须抑制住我自己的情感。希望能得到你的允许，让我和特伦特就此事谈一谈。你还没见过他是吧？他在战争前就成为我的合伙人了。我和他的关系就像是我父亲和老桑德兰——我父亲的资深合伙人。扯远了，但能保持着和旧友的联系是件很愉快的事。”为了缓解些紧张的气氛，他继续谈论佩勒姆·特伦特的事，“他是一个很能干的人，我很幸运能与他共事。年龄还不到 40 岁，因为在消防署工作，所以没有被征召。当然他每隔两天才有空闲时间——他们是工作 48 小时后休息 24 个小时——这总比没有休息日好。如果你能让我和他谈谈这整件事我会很高兴。他头脑很灵敏，而且他很明智——非常明智，同时又很幽默。你回家前，阿米蒂奇夫人和琳德尔在城里见过他很多次。琳德尔来办理从她表亲那里继承的几百英镑的手续，是他帮她处理的。”

“你可以告诉他任何你想说的事，”菲利普的语气十分疲倦，“如果事情只是他这一个外人知道的话，我们应该庆幸。”

柯德林顿先生严肃地看着他："我想提醒你把注意力放在官司上面去。如果这件事能在家里解决，就能避免许多不良的外界流言。"

菲利普不耐烦地摇了摇头，接着又使自己平静下来："我认为你也许是这么想的。像这类官司，家族的人肯定要比任何陪审员都更注重细节，他们都知道该问些什么，所以一旦她露了馅儿，他们是不会错过的。如果她通过了家族的提问，你就可以十分确定她可以通过世界上所有的陪审团。"

菲利普沉默地兜着圈子。接着，他走到写字台边，靠在上面说："我同意召开家庭会议。这涉及佩里的利益——我是否有合法妻子这件事的任何疑问，都会对他有影响。他是必须要知道真相的人之一，他和他的妻子一定要参加。然后是米尔姨妈，特丽莎的妹妹伊娜丝——芒德表姐到底为什么会给那两个令人讨厌的女人起这种西班牙式的名字。"

柯德林顿先生点点头："它过去常常惹恼你父亲。"

"也许吧——但她们在家族里真的招人讨厌，但我想伊娜丝最好能来参加。"

"如果不让她参加，也许她会成为一个更大的麻烦。"

"还有托马斯叔叔，和——我想想，艾米琳婶婶。"

柯德林顿先生向下看着自己的鼻尖；"乔斯林夫人绝对愿意出席。"

菲利普发出一声急促的短笑："那些野马不会让安妮离开的，这可是关乎他们的利益。阿尔奇和吉姆在意大利，不过他们已经脱离家族很久了。再说，佩里已经结婚，托马斯叔叔的四个儿子都还没到服兵役的年龄，他们倒不会来参加。”

“他们不会，我认为我们不需要考虑他们。安妮的母亲那边也没有亲戚。”

“乔伊斯家的人不出席吗？”

柯德林顿先生摇了摇头：“乔伊斯家族只有一个儿子。罗杰·乔伊斯的妻子在安尼5岁时就去世了。他们没有别的孩子，罗杰也没有再婚。你父亲给了乔伊斯夫人一些补贴保障生活，但拒绝给罗杰。他是个软弱无能的家伙，很喜欢吹嘘他那些了不起的亲戚。”

“他做什么工作？”

“我们在船运事务所帮他找了一份职员的工作。他是那种墨守成规的人——没有进取心，没有抱负。”

“那他的妻子呢？”

“在小学里当老师——独生女，还是个孤儿。所以，你看，乔伊斯那边没有可以邀请的人。”

菲利普直起身子：“好吧，就这样决定了。你最好尽快把大家集合在一起。但你听着，我同意这个会议是因为这是我们能扳倒她最好的机会。如果她提出诉讼，她会在接下来的几个月里弄清楚她现在还不知道的所有事情——你自己说的。”

“等等！她让我告诉你，她不会对你提出诉讼。”

“胡说！她想得到安妮的钱。从法律的角度来看，安妮已经死了。无论你做什么她都必须重新把自己写入家族谱。你已经都告诉她了，不是吗？”

“如果没有人反对，那走走形式就可以了。”

“我一定会反对的。”

“除非家庭会议之前的诉讼能碰巧使你信服。”

菲利普摇了摇头：“不会的。如果她暴露了，那我们就用法律来解决这件事。”

“如若她没有——你打算怎么办？我告诉过你她的条件——和她住在同一个屋檐下六个月。”

“为什么？”

“她想要一个说服你的机会。她明确地告诉我她想挽救这场婚姻。”

“这段婚姻随着安妮的死就结束了。”

柯德林顿先生不耐烦地动了动：“我现在把她的条件告诉你。六个月后假设你们没有和解，她愿意和你离婚。”

菲利普笑了起来。

柯德林顿先生严肃地说：“你仔细想想。如果她被法律证实她就是安妮·乔斯林，你可能会进退两难，既不想和解也不愿意离婚。如果你想再婚，她完全可以阻止你这么做。”他停住了，接着加了一句，“直到永远。”

他们单独在一起，深红色的窗帘，壁炉里的火苗发出红色的光芒，头顶的吊灯映射的写字台上散落着各种文件。一时间，这两个男人仿佛都看到了现在并不在他们中间的琳德尔，小巧纤细，有一头灰黑色的头发和一双雾蒙蒙的眼睛——灰色的瞳孔，但又和乔斯林家族的灰色截然不同。琳德尔的眼睛里还混着棕色和绿色，看上去柔和又充满稚气，没有任何遮掩。如果她伤心了，她的眼睛会表露出来。如果她爱上别人，她的眼睛也会表露出来。如果那双眸子觉得难过，那么泪水便会涌出，把它们重新点亮。她脸色苍白是因为之前生的病，病愈后曾恢复过原来的颜色，但现在又没有了。

菲利普走到炉火边，站在那儿低下头张望。

第十章
报纸

扫码听本章节
英文原版朗读音频

第二天报纸上刊登了头条新闻。《每日资讯》用了封面一半儿的版面，甚至盖过了俄罗斯最新胜局的新闻。

离世三年半——复活

看看她的墓碑

下面附着庄园墓地白色大理石十字架的照片，上面凸起的铭文很清晰：

安妮

菲利普·乔斯林的妻子

21 岁

死于敌军行动

6 月 26 日，1941

文章中还包括了一段对拉梅奇太太的采访，她是乔斯林庄园的厨师兼管家。

阿米蒂奇夫人走到厨房，手里攥着几张报纸："噢，拉梅奇太太——你怎么可以这样？"

拉梅奇太太的眼泪喷涌出来，像是带着三分兴奋和一分自责。她那张苍白的大脸湿漉漉的，浑身颤抖得宛如一个牛奶冻。

"他没说会登上报纸。他从自行车上下来走到后门时，姑娘们都在餐厅，他彬彬有礼地问我是否可以给他指一条去墓地的路，我说你走到花园边就能看到了，接着我在后门台阶上给他指了教堂塔楼，换作是你或者其他任何一个人都会这么做的。就是这样，你不能掌控生活中的变数。"

"但看起来你说了比这更多的话，拉梅奇太太。"

拉梅奇太太摸索出口袋里一个小块儿的手绢，擦着她的脸："他问我怎么找到安妮·乔斯林夫人的墓碑，我就说……"

"你说了什么？"

拉梅奇太太深吸口气道："我说：'我们不愿意去想坟墓或者类似的这些东西，至少现在不想，夫人已经回来了。'"

阿米蒂奇夫人无奈地看着《每日资讯》的封面："'拉梅奇太太告诉我她当时惊呆了——"我记得安妮·乔斯林成为新娘后来到这里……十分可爱的珍珠——和她那张在英国皇家学院里的画像上戴的一样。她回来时也戴着它们，还穿着那件好看的毛皮大衣……"乔斯林庄园的客厅女仆艾薇·福赛特小姐说："当然我开门的时候并不知道那是谁，但我很快就发现了，她穿得和客厅里的画像一模一样……”’”

拉梅奇太太继续用力地擦着脸。米尔·阿米蒂奇突然间泄了气，这样又能有什么用呢。她换了个温和的语气说：“噢，别哭了。哭也没用——是吧？我是真没想到你能有机会和他见面，他一定会把你知道的一切都问出来，我只是不明白，他们是怎么知道来这儿获取新闻的。”

拉梅奇太太最后擦了下脸，抬起头环顾四周。偌大的厨房空荡荡的，艾薇和芙洛都在楼上铺床，但她还是放低音量嘶哑耳语道：“是艾薇——虽然姑娘们很难联系到这些人。我昨晚从她那里知道的，她有一个姑姑，曾为报社撰写了一篇关于一只母猫哺乳自己的孩子还连带着一只兔子的文章，赚取了 1 畿尼 [注：英国旧时货币。]。艾薇便写了张明信片给《每日资讯》，说她的夫人在所有人都以为她已经去世的情况下，重新回到了家里。还提到了墓地里的十字架以及所有的东西。如果是我我保证不会这么做，不会做任何使菲利普爵士烦忧的事。”

“是的，我想这不是你的错，拉梅奇太太。我猜报社是不会放过这种新闻的。”

拉梅奇太太把手绢塞进自己那个宽大围裙的口袋里。“这张十字架的照片挺好看。”她说。

米尔·阿米蒂奇夫人看向报纸，

安妮

菲利普·乔斯林的妻子

21 岁

他们必须要修改墓碑上的铭文，菲利普必须得做好这件事。因为，如果现在在楼上和琳恩在一起的真的是安妮，那躺在白色大理石十字架下面的，就不是安妮的尸体。谁都不可能分身同时去两个地方。但她真心希望十字架上的铭文是真的。也许她是有点恶毒，但她更愿意安妮躺在教堂墓地，而不是在楼上的客厅里。问题是她无法确定，有时菲利普会扰乱她的思绪，有时安妮又会扰乱她。她清楚自己内心真实的想法，无论她希不希望安妮活着，她的意愿根本不重要。重要的是他们相不相信。想到安尼·乔伊斯要夺走安妮的财产，并离开菲利普和乔斯林庄园，她就不由得胆战心惊。但再想想如果是安妮本尊死里逃生回到家里，却发现没有人接受自己，又比上一个想法更不寒而栗。

阿米蒂奇夫人的眼睛仍然盯着那一页。

安妮

罗杰·乔伊斯的女儿

这就是为什么一定要假设安妮还活着……记者真是个讨厌的行业！她抬起头，碰上了拉梅奇太太赞许的目光，接着阿米蒂奇夫人用一种偶尔会重伤家人的直白语气说："一团糟啊，是不是？"

"你可能会说，有点生气……"

阿米蒂奇夫人点点头。毕竟，拉梅奇太太在乔斯林庄园已经十二年了。她见证了菲利普的婚姻。如果你无法在自己的家里向别人有所隐瞒，那么，最好的尝试就是——把迫不得已而为之的事装成出于好心。她说："你在她回来时立刻认出她了吗？"

"你是说安妮夫人吗，太太？"

阿米蒂奇夫人点点头，“你认出她来了吗？”她停顿了一下，补充道，“立刻？”

“你没有吗，太太？”

“我当然认出来了，我没办法再想到其他人了。”

“我也是。”

她们面面相觑，拉梅奇太太又不确定地低声说：“可是菲利普爵士，他——不相信是不是？”

“他确信她已经死了——对他来说，很难相信自己会犯错误。我们当时没见到安妮——但是他见到了，这对他来说很难。”

拉梅奇太太想了想，放慢语速说：“我见过很多已故的人。有些人看起来和活着时并无区别，就像睡着了那样。但有些人的样子会发生改变，让人很难辨认。你想想，如果夫人脸色苍白，卷发也被海水浸泡得又湿又直，就像你告诉我的菲利普爵士的原话——怎么说，这会让人看起来有很大的差异，不是吗？再加上另一位女士和夫人长得很像……”

“我没有说过任何关于另一位女士的话，拉梅奇太太。”

“你没有吗，太太？人们谈论某件事，肯定是因为它值得谈，说楼上的人就是夫人也必定言之有理。还有一个人因被误认成了她而被埋葬，谈论的话题又变成了安尼·乔伊斯小姐，十年还是十一年前，她和特丽莎小姐来这里时，我们都见过她。她们住了一个星期，谁都能看得出她是多么喜欢这个家庭。”

“你还记得她吗——她的模样？”

拉梅奇太太点点头：“高，单薄，骨瘦嶙峋的姑娘——看起来像是亟须吃顿好的。尽管如此，她还是喜欢这个家族——可能是被菲利普爵士的姐姐折磨惯了，如果她能长点肉，再打扮打扮自己，化化装，在我看来，她足以以假乱真，使菲利普爵士犯错，在死人和活人之间找出不同。事实就是这样，你可以相信。”

米尔·阿米蒂奇的嘴张了张又合上，接着飞快地说：“你认为在楼上的就是夫人？”

拉梅奇太太看着她：“怎么了，你看不出来吗，太太？她看上去当然是苍老了不少，但我们不都是吗？”

“你确定？”

“确定？她一进门就径直走向我说：‘我希望你再见到我能很高兴，拉梅奇太太。’”

泪水涌上米尔·阿米蒂奇的眼睛。安妮回来了，但没有人开心再见到她——阿米蒂奇夫人猛地站起身。琳恩非常开心——但她现在看上去像个幽灵——她也不确定。

阿米蒂奇夫人说：“回到家后发现自己不被欢迎，是挺难过的。”

第十一章
会议

扫码听本章节
英文原版朗读音频

教堂墓地上空弥漫了一天的薄雾，在下午三点半的时候，蔓延到旁边的花园，又顺着房屋墙壁的斜坡往上爬去。短时间的苍白日光未能将头上密布的乌云散去。米尔·阿米蒂奇开始合计卧室的数量和每个人的配给粮，如果大雾天气持续下去，伊娜丝和艾米琳也不会想在这样的天气下回到城里去，如果她们住下——当然还有托马斯——如果佩里和莉拉也留下就真的太好了。三间卧室……鱼饼——鳕鱼这么做远比烤或者煮更好。如果艾米琳认为自己在战争期间还能坚持减肥，那她就得挨饿了，因为接下来的菜单应该是香肠，他们还可以吃烤苹果当餐后甜点……柯德林顿先生可能更希望回城里去，除非大雾天气糟糕透顶。如果他也要住下，那必须得给他准备蓝屋……弗洛伦斯得在每张床上准备好石质热水瓶……问题是，如果柯德林顿先生住下，意味着也要给他的员工们预备房间吗？阿米蒂奇觉得应该需要——还要给柯德林顿先生留一个楼顶上的更衣室。一个友好、年长、精明的人会对说出的每一件事做好笔记，这是个令人非常不舒服的行为，但柯德林顿先生很公正——眼下对每个人来说，有一个准确的记录是公平的。

她的思绪又回到食物上面。如果还要多来两个人以上，拉梅奇太太就应该在鱼饼里加上米饭，土豆最好也不要削皮……也许到头来根本不会起雾……她瞥了眼窗外，打消了这个乐观的念头。

托马斯·乔斯林夫妇是第一个到的。米尔在门厅迎接他们，并指引他们去了餐厅，那里的桌椅已被擦得锃亮，翘首以盼还未到的家人。

谁也不能说这是一个令人愉快的环境。一张古老、肮脏却极具价值的中文报纸贴在墙上——这类古董在房间里让人很不舒服，但丢弃它又不舍得。厨房里到处是煮烂的蔬菜，地毯上维多利亚时代的图腾，如今已经被磨损殆尽，暗淡无光。家具都是传统的桃花心木，包括碗柜和餐桌。如果多于 24 个人在这里用餐，看上去会有些拥挤。一大块儿木头在火里噼啪作响，缓解这里长期的冰冷。

托马斯·乔斯林夫人边走边环顾四周，说：“我一直觉得这房间不错。”说着又把毛皮大衣顶端的纽扣扣上了。柯德林顿先生从她身后走进来，随手打开了悬在桌子上方的吊灯，阴影马上屏退于房间两侧，使餐桌及周围的东西都笼罩在一片温暖的金色光晕下。跟着柯德林顿先生一起来的职员，正朝那亮光走去，他在桌子的一端放了一本信纸和一支铅笔，在另一端放了一个公文包，然后他退到炉火旁，站在那里取暖。

柯德林顿先生朝公文包的方向点了点头，说："我一会儿坐在那儿。菲利普希望我来主持会议。虽然这件事对他来说十分痛苦，但我希望能得出一些明确的结论。如果你们不介意的话，我们现在先不讨论这件事。我很难保持绝对的公正。"他示意他们看着桌子，"菲利普将坐在我的右侧，至于……我想我应该叫她原告——坐在我的左边。乔斯林先生和你坐在她那边，佩里·乔斯林夫妇坐在菲利普这边，伊娜丝·乔斯林小姐挨着他们坐，阿米蒂奇夫人和琳德尔坐伊娜丝小姐对面。我的职员艾维瑞先生，会坐在桌子另一头，对会议进行简短的记录。"他拉出桌子左边的第三张椅子，低头看着桌面，说："也许你应该坐下。我想佩里·乔斯林夫妇马上就到了。乔斯林小姐和他们一道来，那样我们就可以马上开始了。"

乔斯林夫人坐下了。当她拉她的椅子时，灯光洒在她浓密的红色长卷发上。40 岁的头发竟活泼明亮得如同她 22 岁那年头纱下的头发，和她的身材一样，都得到了她严格的护理和控制。她的肤色不是太好，没有化妆。若她的眼睛再大一些，颜色再深蓝一些，她一定会是个美女。素颜的眉毛颜色很淡，能很好地遮掩住她乳白色的眼睛。米尔每次见她，都会想起自己和路易曾经当孩子似的养的白色波斯猫，路易已经去世了，那只白色波斯猫也死了，但它的眼睛仿佛回到了艾米琳的脸上，映射在这双瞳孔里的世界就像几碟脱脂牛奶。除此之外，托马斯·乔斯林夫人是个精明的女人，身上穿的一切都很精致。那头精心护理的卷发上戴着一顶黑色的毛皮帽子，身穿与之配套的大衣，腿上裹着上等面料的丝袜，脚蹬一双剪裁精美的皮鞋。

坐在她身边的托马斯·乔斯林看上去倒是既苍老又缺乏存在感。他尽管也有乔斯林家族与生俱来的标致，但岁月催人老。他还没到 50 岁——比菲利普的父亲小 5 岁——但看起来却像过了 65 岁。究其原因，也许是成天宅在办公室里的生活习惯，也许是他妻子看起来太年轻太有活力了。

佩里·乔斯林夫妇到了。佩里朗声大笑，莉拉则在一旁拉着他的胳膊暗示他循规蹈矩。在这么短的时间里把大家聚齐让他俩情绪都很高涨，很难做到举止端正得体。佩里和乔斯林家族所有的人一样英俊迷人，只是没有菲利普那么高。他的脸很端正，嘴形宽阔又灵活。莉拉小巧玲珑，甜美丰满；她拥有一双大大的棕色眼眸，宽阔的红色嘴唇，以及引人注目的翘鼻子。他们极其相爱，幸福感十足。即使在这沉闷的房间里，也能感受到他们之间的爱意。

在他们身后，因为被甩在后面很不高兴的伊娜丝·乔斯林走了进来，嘴里嘟囔着她可不会做把别人落在后面的事。当她走进大家的视线，米尔·阿米蒂奇拥抱了佩里和莉拉后，忙转身迎接她，她极力稳定住情绪，使自己表面看上去没有心里想得那么吃惊。

即使是在那些极其令人讨厌的事情里，伊娜丝·乔斯林的出现肯定会略胜一筹。她的头发，原先是淡淡的暗灰色，现在已经全白了。她的头发散在肩头，上面戴着一顶大小形状好似罐头盖子的小帽子。她身上的一切饰物都很搭配——短款喇叭裙、收腰外套、透明的黑色丝袜、一双极高的高跟鞋。这身时尚青春的行头很不衬伊娜丝那张又长又瘦苦大仇深的脸，尽管她不是很熟练地画了一个精致的妆容，但看上去依然很老。单从外貌看，没有人能把她联想到乔斯林家族的人，但她的确是乔斯林家的。

她啄吻了下米尔的脸颊，说话声音尖锐刺耳："亲爱的，我从来没听说过这么不寻常的事！不可思议，我觉得。你好吗，托马斯？你好吗，艾米琳？菲利普呢？他肯定会来的吧！你好吗，柯德林顿先生？菲利普肯定会来的吧？这整件事都很奇特。我不明白怎么可能会有这些怀疑，要么安妮死了，要么她还活着，这是不容置疑的。"

"说得对，乔斯林小姐，也许你可以先落座，菲利普随后就到。佩里，你和你的妻子请坐这儿——乔斯林小姐坐你旁边。好了，在我们开始之前我只想和你们确认一件事。你们坐在这里，是要对一个自称是安妮·乔斯林的人的真实身份发表你们的意见。她是周二晚上回来的，穿着安妮离开家时的裙子、毛皮大衣、珍珠，还有订婚戒指，她持有安妮的手包，里面装着护照和身份证。她被阿米蒂奇夫人和琳德尔毫不犹豫地认为是安妮，还有厨师拉梅奇太太，家里唯一一个留下的老员工。当时菲利普在城里，他第二天回家后，全然拒绝接受她们的证明。他当时声称——直到现在也仍旧断言，被告是安尼·乔伊斯。"

"特丽莎的安尼·乔伊斯？"伊娜丝嗓音尖锐。

"是的。"

艾米琳坚决地说:“这件事不会有多困难。我们都了解安妮——我想我们都能认出她。虽然这看起来的确是个离奇的故事。”

柯德林顿先生转向她，心里有了些许宽慰：“是啊，的确——但我觉得我们现在最好不要讨论这个。啊——菲利普来了。”

菲利普进门后逗留了一会儿。他抬起的一只手打开门柱旁边的开关。房间里所有的灯便亮了起来——碗柜上两个对称的照明灯、壁炉墙上的灯、送餐桌上的灯，还有一个悬在门的上方。房间里依然沉闷，但至少亮堂了许多。这里每一件物品，每一个人都被亮光折射得一览无余。三扇阔朗的窗户被雾霭蒙住了，失去了它们原本的使用价值。屋外零星的灯火也无法和室内灯光相媲美了。

菲利普走到桌边，和他的叔叔婶婶，还有伊娜丝和莉拉握了手，又拍拍佩里的肩膀，落座在他和柯德林顿先生中间。柯德林顿先生随即转过头，朝他的员工做了个手势，艾维瑞先生便离开了房间。

米尔·阿米蒂奇想：“现在的状况真是不好，也许更糟。琳恩很固执，我也不知道她能再有什么变化了。她已经承认了安妮，现在正等着她进来。这件事肯定会严重伤害到菲利普的。琳恩会偏袒安妮而反对他。她很忠诚——她爱安妮，只要有一丝能证明安妮的机会，琳恩一定会竭尽全力的。”

艾维瑞先生重新回到房间，在桌子的另一端坐下，他把信纸对折后拉向自己，又把铅笔捏在手里。他回来时留着门，很快，琳德尔和安妮一起走了进来。

琳恩转身关门，安妮则径直走向长桌。她穿着画像里的那件蓝色裙子，佩戴着珍珠。她的妆容十分精致出众——刷黑的睫毛，但没有涂上眼影；脸上精心地擦了水乳和粉底，但腮红扑得很淡；嘴唇涂抹了珊瑚红的唇彩；指甲上也涂着相应的颜色。她毫不犹豫地走向柯德林顿先生的右侧，来到托马斯·乔斯林夫妇跟前后向他们伸出手。

“托马斯叔叔，艾米琳婶婶。”

显然他们都吃了一惊，但安妮没给他们回神缓冲的机会，转身走向柯德林顿先生的左手座椅坐了下来，朝桌子对面点了点头：“噢，佩里——能见到你真好！真是好久不见了，不是吗？我还没见过莉拉，看到她也很高兴”她的目光从他们身上移开，“你好吗？伊娜丝表姐？”

菲利普靠着椅背。如果这是第一次测试，她会以一个优异的成绩通过。以安尼·乔伊斯掌握的信息足够让她通过这个。特丽莎拥有全套的族谱和照片。当然她不知道莉拉，但是，他想，琳恩会告诉她。她身穿一件墨绿色的长裙，平纹细布面料的衣领翻折出来。裙子的颜色映衬着她的脸色非常苍白。也许根本不是颜色的问题。她的皮肤呈奶白色，光滑细腻。她那双奇异的迷蒙的眼睛躲藏在黑色睫毛的阴影后。她没有看他。他不能看她。菲利普皱起眉头移开视线。琳德尔想：“他在生气——他恨我。那样更好。我们将怎么做？我没办法让她一个人走进来。”

柯德林顿先生扫视着长桌说：“谁有什么问题要问的吗？……嗯，乔斯林夫人？”

艾米琳探出身说：“你刚才认出了我的丈夫——也许你可以

告诉我们，他在家族里是什么身份？”

托马斯·乔斯林沉默地盯着自己的鼻尖。他极其厌恶这些事。他希望艾米琳没有来，不然，她来了就安静点，让别人去问。结婚近二十年的时光里，这两件事理论上对他来说都无法控制，于是渐渐练就了习惯它们的本事。

坐在他对面的安妮微笑着回答道：“当然——菲利普的父亲有两个兄弟。托马斯叔叔是年龄最小的一位。佩里的父亲排行第二，名字叫佩里格林［注：佩里格林，昵称为佩里。父子同名。］。”

艾米琳继续说：“那我们有孩子吗？”

“4个男孩。我想最大的那个现在已经16岁了吧。他名字叫汤姆，其他三个叫安布罗斯、罗杰和吉姆斯。”

艾米琳说：“我们都叫他吉姆.”

安妮笑了起来：“知道吗，我认为这种小事没有什么实际意义。我的意思是，如果有人问我表姐伊娜丝是谁，我会说她是表姐特丽莎的妹妹，她们的父亲是我祖父的第一代表亲。看吧，这显然代表不了任何意义，因为菲利普似乎认定我是安尼·乔伊斯，而且关于这些事情，我所了解的安尼全部都知道。”

所有人都看着她，菲利普也看着她。她看起来坦坦荡荡，脸色红润了不少，嘴角含着笑意。她左手戴着安妮的蓝宝石订婚戒指，和另一个铂金结婚戒指随意地重叠在一起——也许是特意把它们戴在一起的？——戒指闪烁出耀眼的光芒。伊娜丝看着那些戒指说：“非常正确，那些小事根本不值一提——纯粹是浪费时间。”她明亮的眼眸充满敌意地扫了眼艾米琳，“我们现在需要注意的点是实际问题。菲利普为什么说她不是安妮？他为什么认为她是安尼·乔伊斯？这是我们应该着手的地方。”

常识很难用让人恼火的方式说出来。这声音，连带着眼神都蕴含着非常浓厚的敌对意识，穿梭于艾米琳到琳德尔之间，直到菲利普那里才结束。

柯德林顿先生顺着话题说：“也许菲利普可以解释下他的意思。”

菲利普把那天在会客厅说过的事情又讲述了一遍——法国的沦陷——敦刻尔克——绝望中孤注一掷想带安妮离开——在成功的那一刻她却意外身亡。他的声音自始至终极其平静，不带一丝情感。他的脸色非常苍白。

当他结束后，艾米琳已经做好提问的准备了：“你当时去找安妮，看到她和安尼·乔伊斯在一起。据我所知，除了伊娜丝，没有人见过安尼 15 岁以后的样子。”

乔斯林小姐摇了摇戴着别扭小帽子的大脑袋：“我觉得特丽莎对她的疯狂执念简直是荒唐！我劝过她，但她不听。谁都不喜欢接受事实真相，但我必须强调我的想法。我和特丽莎说了之后，她和我吵了一架。我认为这不是我的错。我们在安妮的婚礼上见过一次，但没有说话。特丽莎的脾气很差。至于安尼·乔伊斯，十年前左右我见过她一次，是个笨拙的不起眼的孩子。特丽莎的这种执念没法儿解释。但如果你问我，我觉得她这么做就是为了给家族添点麻烦。”

围坐在桌边的所有人听了她的话后，都没有做出任何评论。艾米琳飞快地说：“请让菲利普回答我说的话，伊娜丝。他看见了安妮和安尼·乔伊斯在一起——你看见了，是不是，菲利普？”

“是的。”

“她们俩长得有多像？我们都想知道这个。”

菲利普盯着她。米尔心想：“他很紧张。这比任何灾难还要糟——会议恐怕还要持续几个小时。”

菲利普接着又用平淡无感的嗓音说：“我想我那时根本没有在意这种事情。当时已经过了午夜，我得在房子后面歇歇脚。皮埃尔起床后带着姑娘们过来的。你说我看见她们在一起——我们那时所在的厨房里只有一支蜡烛。我催她们去准备东西，又派皮埃尔去找其他人。两个姑娘在我们就要动身的时候才回来。”

艾米琳坚持道：“但是你确实看到她们在一起了，你一定会注意到她们的样貌是否相似的。”

“她们当然很相像。”

“安尼的头发颜色比安妮的要深，”伊娜丝·乔斯林说，“就算我只在她15岁时见过她，我也确定她的发色要深一些。”

艾米琳瞥了她一眼说：“头发不会永远保持同样的颜色——不是吗，伊娜丝？”

莉拉听了想笑，但如果她这么做恐怕局面会更糟糕。那些讨厌的铂金卷发！为什么人们都不喜欢让头发遵循自然慢慢变灰呢？突然她没了笑意，心想：“这太可怕了，她们都不友善。”

菲利普对艾米琳婶婶说：“安尼·乔伊斯用围巾裹住了头，我没看到她的头发。”

“所以，如果她不把头发放下来垂在脖子上，你就不知道她有多像安妮——除非安妮也把头发包起来。”

托马斯·乔斯林第一次开口道：“回忆这些事确实很痛苦，但必须把它们弄清楚。你说过安妮死在船上。我想你之后应该确认了她的身份——我的意思是，正式地确认了她的身份。还有其他人在场吗？”

“他们没有找其他人。”

“你非常确定死在船里的姑娘就是安妮吗？”

“我非常确定。”

“看来她们惊人的相似误导了你。但是，从表面上看，这些相似的地方一定是存在的。如果回来的这个人不是安妮，而是另一个被米尔、琳德尔和拉梅奇太太立即接受的人。我必须告诉你，我也会接受她。我们也许出了差错。我并没有给出我的观点认为她就是安妮——至少现在还没有。但是你就没想想这也许真的是你搞错了，死在船上的是安尼·乔伊斯吗？”

“死去的是安妮。”

“你当然会坚信死去的是安妮。在我看来，对一个死人犯错要比对着一个活人犯错容易得多。她们的发型有很大的不同。安尼·乔伊斯头上裹着条围巾。如果围巾中途掉落了，我想这也很容易做到，也许是家族的相似性对你来说过于强烈，导致你把安尼当作安妮——尤其是人死后，性格和表情都会消失，只剩下自然的面部特征的话呢？”

两个乔斯林 [注：这里指托马斯和菲利普。] 面面相觑，菲利普一向很尊重他叔叔的判断。同时他对托马斯还有很深的感情，于是便若有所思地说：“我承认这种事有可能发生。但我不承认这种事确实发生了。”

第十二章

证明

扫码听本章节
英文原版朗读音频

安妮飞快地动了动，她戴着戒指的那只手抓住了托马斯·乔斯林的胳膊，另一只则向菲利普摊开手掌：“托马斯叔叔，我得谢谢您——就现在，一刻都不想等——因为您帮我说明了一切。我明白这一切为什么会发生，但菲利普不知道。您告诉我的不仅是这种事情的确会发生，还有它是怎么发生的。”她放下了手，目光看向菲利普，“我们之前谈论这件事的时候，我说得有点过分，现在向你道歉。我希望能得到你的谅解。你知道的，我就是不明白这种事情怎么可能发生。我没法儿忘记那种被人丢下的心情……”她停了下来，移开盯在菲利普脸上的目光，他几乎看都没看她一眼。安妮向后靠着椅背闭上了眼睛。

菲利普不动声色地捕捉到了安妮全部的小动作。在他精心掩饰的表情下，脑子里的思绪正飞速运转着。真聪明——真他妈聪明——那从容的举止言谈，那低沉的嗓音。安妮不会那么聪明的。安妮一点也不聪明。她生活美满，她爱她自己，尽管有一小段时间她爱过他。很快，她就变成了一滴冰冷的水珠——“假如她表现得不那么聪明——假如这是真的——假如她是安妮……”

餐桌上的每个人都显得有点局促。莉拉向佩里身边凑了凑，把手放在他的臂弯里捏了一下，宛如一只玲珑小巧的鸟儿寻找着自己的窝。她的毛皮大衣敞开到脖颈处，能看到里面玫瑰色的针织衫，一串乳白色的珍珠项链和一颗钻石别针。她身上的一切似乎都透着暖意，柔和又亲切。

佩里被莉拉依偎着，此刻的他应该处于全场最尴尬的地位。一般这种局面都会很严峻，尤其是家庭会议的局面。佩里关心菲利普的一切，他希望菲利普和其他所有人都能像他和莉拉一样快乐。

艾米琳打破了沉默。她丈夫刚刚的言论令她非常震惊。一点都不像平时的托马斯——挑大梁说得头头是道。而且原本是自己要先开口说话的，却被托马斯打断了。艾米琳认为自己有资格比托马斯做得更好，于是用她最坚决的嗓音说：“你叔叔打断了我刚刚想要说的几句话。我们必须要看事实。先说说笔迹吧——怎么样？”

这次是柯德林顿先生回答道：“这是当然，乔斯林夫人。您刚刚提出的点我们立刻也想到了。但是在这几天里，包括菲利普、我自己、阿米蒂奇夫人都无法辨认安妮之前的签名和现在的签名之间有什么不同。”他边说边打开面前的公文包，抽出几张被折叠过的纸递给托马斯·乔斯林，“我觉得大家都应该看看这些。一些笔迹是新写的，一些笔迹是以前的。新写的笔迹我也已经把它们做旧处理了，如果有人能辨认出什么差别，那我承认他比我高明。”

乔斯林先生很是花了些功夫，但不久便摇摇头把纸张递给他的妻子：“我也许能猜出墨水的颜色，但笔迹真是一点看不出来。”

艾米琳同样花了些时间。她手里的是一封信，开头是：“亲爱的柯德林顿先生，”结尾写着，“你最忠实的，安妮·乔斯林。”中间是几行感谢他邮寄那些加密文件的语句。

艾米琳拿起另一张纸。是一封只写了三四行就收尾的短信——天气非常闷热潮湿，她希望能尽快干燥清爽起来。再一次向柯德林顿先生表达她最忠实的敬意。

其余的两封信，一封是向他索要一份遗嘱的复印件，一封是感谢他邮寄遗嘱的回复。

艾米琳开口道：“我想……”接着又自我反省似的把信件传给米尔·阿米蒂奇，后者之前已经看过了，便直接隔着桌子把它们递给伊娜丝·乔斯林。伊娜丝拿起信件时发出了很大的响声，其中掉了一封下来，她又把它重新捡起。最后她把信件整理好，像拿扑克牌一样均匀地捏在手里。

“这两张一定是她去法国之前写的。不过我想说你选择这两张不算明智。她回来了就不可能再立遗嘱了，不是吗？”伊娜丝嘲讽地笑出了声，“我可是马上就想到了这点。你知道的，你不能指望我们除了验证笔迹之外，什么想法也没有。柯德林顿先生，这些信里的内容也是证据之一。”她一甩满头的白色卷发，把手里的东西交给佩里，但佩里摇摇头拒绝了，说那些字体对他来说都是一个样儿。

柯德林顿先生便收好那些信件，一本正经地说：“那两封关于遗嘱的信，是两天前听我口述后写的。”

乔斯林夫人露出了一个微笑，对菲利普说：“嗯，我们先不谈这个。我现在想问的是，那天晚上你去法国后发生的事情。我想知道两个姑娘的穿着打扮。因为除非她们穿戴都一样，否则你怎么可能分辨不出她们。”

“恐怕我真的没怎么注意这些，当时天太黑了，她们的衣服又都是姑娘们一贯穿戴的那些不引人注意的衣服——呢子短裙和毛衣。我想她们后来应该还穿了外套。”

“安妮穿她的毛皮大衣了吗？”

“我不知道——我没在意。”

安妮低声飞快地说：“嗯，我穿了，我一直留着它——回来的时候也穿着。”

艾米琳感叹道：“噢——”接着又说，“那是件非常昂贵的大衣——我记得是水貂皮的。米尔应该认得那是不是安妮的衣服，是吧米尔？”

“这衣服没有任何值得怀疑的地方。”米尔·阿米蒂奇说。

艾米琳又发出了声“噢——”。接着她继续问道：“我们现在弄清楚了衣服的问题，毕竟这十分重要。那个死在船上的女孩儿——也就是你认为是安妮的女孩儿——她穿了什么？你既然能认出她，肯定第二天天亮时也见过她了。”

佩里感到身边的莉拉瑟缩了一下。托马斯·乔斯林因为自己的不善言谈而生着闷气。琳德尔则低头看着自己那双放在大腿上交叉紧握的手。

菲利普说：“没错，我是看见她了。但我真不记得她穿的什么衣服，只记得被淋湿的脏兮兮的大致轮廓——海水浇得我们够呛。艾米琳婶婶，我觉得这个问题不太好。我们之前就衣服的问题已经讨论过一次了，然而并没有什么实质性的结论。”

“那安妮的首饰呢——她的戒指和珍珠项链？那些珍珠可是真的。”

安妮再次回答道：“它们都被我装在手包里，随身携带着。”她停顿了几秒，后又说，“除了我的结婚戒指，我去法国前和菲利普吵了一架，便把它摘下来了。当我知道他要过来接我时，又重新把它戴上了。”

“你知道她摘戒指的事吗，菲利普？”

“知道。”

“我可以提几个问题吗？”伊娜丝·乔斯林的语气有些不耐烦，“如果艾米琳的提问已经结束了的话。我认为我们应该知道你们争吵的内容。安妮清楚整个过程会告诉我们，但是安尼·乔伊斯肯定不会。”

安妮朝她露出一个虚弱的笑容，说：“我当然能告诉你们。整件事情都非常愚蠢——吵架本身就很愚蠢。表姐特丽莎写信给我，希望我去一趟法国。她说她来参加婚礼时为我立了一份遗嘱，希望能和我谈谈关于她自身对家族的一些回忆，但菲利普当时很生气。他说特丽莎没有理由不把财产留给安尼·乔伊斯，不想让我去法国。虽然他对这笔财产分析得很对，我不应该接受这份遗嘱——但我没有告诉他这些，因为当时我也在气头上，不想任他摆布，于是我们大吵了一架。我摘下结婚戒指去了法国，没做任何妥协。”

伊娜丝把那双淡色瞳孔转向菲利普，扬起她苍白的下巴问：“她说得对吗？”

菲利普说：“非常正确。”他突然望向安妮，“我们当时在哪里吵的架？”

他们的视线交会了，他的眼神极其冷漠，她的却异常明亮。一些眼神交会中所流露出的东西却传达不到菲利普那里去。

“哪里？”

“是的，哪里？在哪个地方吵的，在哪天的几点吵的？”

安妮慢悠悠地，就像在脑子里细想这些话能使她高兴一般地说：“在会客厅——吃完午餐之后。”

菲利普冷漠的凝视对上了她心满意足的灼灼目光，接着她看向了别处。

他说：“回答正确。”

餐厅里一片沉寂。艾维瑞先生在他的信纸本上做着笔记。

“安尼·乔伊斯是不会知道这些事的！”伊娜丝·乔斯林说道，又发出一连串刺耳的笑声，“但我想安妮也许会告诉她，虽然不大可能，姑娘们之间总会有些八卦闲谈。不过我想，就算是八卦闲谈也是有限度的。当然，谁也不好说——但你为什么不问问她你是在哪里向她求婚的，当时你又说了些什么呢？我不认为她和安尼已经关系好到穿一条裤子，连这件事都会告诉她。”

菲利普盯着桌子对面说：“你听到表姐伊娜丝的话了，想回答她吗？”

安妮看着菲利普，目光柔和——比之前任何一次都要温柔：“我们不能保留一点隐私吗？”

“这就是你要辩解的话？”

她摇摇头说：“噢，不是。隐私什么的根本不重要，是不是？”接着，她转向伊娜丝说，“1939 年 7 月 17 号，他在玫瑰花园向我求婚。周围的摆设很浪漫，但恐怕我们都对这些浪漫的东西没什么兴趣。我们谈论了如果菲利普有足够的钱，他要怎么装潢这间房子。他说他想拆了我祖父修建的那块儿地，他管它叫脏东西，我说我也是这么想的。接着我又说我想对花园做点装饰，他问：‘什么样的装饰？’我便告诉他我想做一个百合花坛，再把玫瑰花园里的藤蔓都清理掉。他说：‘可以呀，你可以做任何你想做的事。’我说：‘你这是什么意思？’他搂住我说：‘我在向你求婚啊，傻姑娘。你觉得怎么样？’接着我说：‘天，真有意思！’然后他就吻了我。”

“她说得对吗？”伊娜丝·乔斯林尖细的嗓音响起。

菲利普说：“没错。”当他吐出这两个字后，嘴唇抿得更紧了。

伊娜丝向右挤了挤，挨着莉拉：“像这样的一定还有很多事情，你都可以问她——只有你们俩知道的事情。毕竟你们有过蜜月旅行的，不是吗？”

托马斯·乔斯林四下看了看。柯德林顿先生举起一只手做了停止的手势。安妮在所有人开口之前先拉开了椅子。她面带笑容，不紧不慢地从桌子的末端绕过，走到菲利普身边，伸出一只手搭在他的肩上。她说话的声音里充满了柔情和愉悦。

“伊娜丝表姐想让你确定我是否真的去度蜜月。你不觉得现在有家人在场会有些不方便吗？我的意思是，即便是关系最好的亲戚也不能随意参与我们的蜜月旅行吧，不如我俩出去单独聊聊？”说罢也不等他回应，安妮就径直往门口走去。不一会儿，菲利普站起身跟着她往外走，他们一起走出去关上了门。

除伊娜丝之外的任何人都松了口气。所有人都觉得安妮表现出的机智和得体正是乔斯林小姐最缺乏的品质。

艾米琳扬起她的柳叶眉说：“真的！”

“什么真的，艾米琳？你和我都清楚，真正能证明身份的东西是他们俩之间才知道的秘密。你说‘真的’有什么意义？对我来说就是因为你没有像我那么大的勇气。毕竟，我们是来查明真相的不是吗？我还想知道你们到底想干什么，说话拐弯抹角有什么好处？如果她能告诉菲利普只有作为妻子才知道的事情，那么她就是安妮。但如果她不能，那她就不是。”

在伊娜丝发表言论期间，莉拉站起身来，走过来坐在琳德尔身边。她伸出一只小巧温暖的手放在琳德尔腿上那双紧握的手上，感受到一阵冰凉的触感：“琳恩，我真希望你过来和我一起住。佩里明天又要离开了。你能和我们一起回去吗？”

琳德尔没有看她，说："你们临别前的最后一个晚上？不行。"

"那明天呢？帮帮我吧小天使！伊娜丝表姐盯着我们的空房间呢。她不喜欢被疏散到小克雷贝瑞，现在她觉得应该不会再有敌军的轰炸了，所以想回到城里，但如果她回来了，我真的会崩溃的。"

她们的声音埋没在熙熙攘攘的对话之间，除了柯德林顿先生和托马斯·乔斯林，所有人都在聊天。琳德尔低声飞快地说："好的，我会去的。"

"我会很欢迎你来的。"

就在大家闲聊的时候，门打开了，安妮走了进来，菲利普跟在她身后。安妮笑着，菲利普的脸色如同死人般苍白。她回到座位上坐下，菲利普却依然站着。当所有人都转过身看向他时，他说："是我的错，三年前的事都是我的错。我请求她的原谅，她是安妮。"

第十三章
分离

扫码听本章节
英文原版朗读音频

最终大家都没有留下过夜。只有伊娜丝稍微表露出了些许想留下的想法，但没有得到别人的支持。她便和来时一样，跟着佩里和莉拉一起离开了。

米尔·阿米蒂奇突然觉得有些内疚，她把莉拉拉到一边，说：“你看，我不想留她——这里没有她都已经够乱了。但如果这样意味着她要去你们那里住一晚，再加上今天又是佩里临行前的最后一晚，那我肯定会留她下来的。我想如果事情不到那个地步，我也不会这么说。但是安妮回来了，这里的一切都是她的，我只算是个客人。”

莉拉深情地看着她说：“所有人都会喜欢你这样的客人的。至于表姐伊娜丝的事请不用担心，她和她的朋友罗玻塔·拉姆住在一起。目前她们的关系还算融洽，但我觉得也快逼近崩坏的临界了。琳恩说她明天会过来找我，所以一切都会很正常很安全。倒是你打算怎么办？”

米尔·阿米蒂奇做了个鬼脸，说：“菲利普希望我能留在这儿。但我不会——至少我不知道该怎么留下——除非安妮也这么想。如果她想让我留下，我会试着留下来。不过这并不容易，不是吗？”

莉拉说：“是啊。”便握住她的手，给了她一个非常温暖的吻。

菲利普走回来看着莉拉他们远去的身影，说伊娜丝表姐无疑是他见过最讨厌的女人。临走前，她和菲利普站在拱门边，对着他不停地摇晃那头要了命的发卷。车开后又隔着玻璃尖声打趣菲利普，说让他和安妮再度一次蜜月。

“特丽莎已经够糟糕了，性情反复无常，暴躁又爱多管闲事，但她最起码生活幸福，从不怀恶意。而且她没有染发——至少最后一次见她的时候没有，我还记得那头乱蓬蓬的像鸟窝似的灰色卷发。”

“在我们的婚礼上。”安妮说。她的声音清亮又愉悦，一如他们之间从结婚到现在从未有过嫌隙。

接着，在菲利普陷入沉默之前，她便神采奕奕地去送别托马斯·乔斯林夫妇和柯德林顿先生了。她已不再是被人怀疑的“原告”，而是作为真正的安妮·乔斯林送别拜访乔斯林庄园的客人们。

几小时后，菲利普抽出晚餐前的空余时间，找到了单独在会客厅里的琳德尔。她换了身暗红色的家用长袍，厚天鹅绒的褶皱折射出火花的光亮。房间里只亮着一盏远处窗户上的灯。借着它的光能看到琳德尔穿着她的红裙子蹲在壁炉前，双手伸向火焰。菲利普看了她良久，随后走到壁炉边站定，说：“我想和你谈谈。”

琳德尔没有动，但手微微颤抖了一下，说：“好。”

菲利普没有看她，而是盯着火苗说：“我脑子里的一切都在说她是安妮——理由、逻辑、证据。但除此之外的声音又在叫嚣：‘她是个陌生人！’你说我该怎么办？”

琳德尔像个被吓坏的孩子，小声说：“我不能和你说这个——我能吗？”

“你不能。我想实际上我们就是陌生人。我们之间的关系已经是很久之前的事了，并且我们的人生方向各自不同。而且我看不到未来我们能有的交集。她认为也许会有，毕竟我们互相亏欠而且重新走到了一起。我告诉她，她不亏欠我任何东西。但我不能说我什么也不欠她，从她的想法来看，我欠了她很多。的确，我令她失望——她处于危险的同时我却安然无恙。”

“菲利普！”琳德尔转过身，恳求地看向他。

“琳恩，你看不出来她是这么想的吗？你看不出来所有人都是这么想的吗？我没有带她回来——还错认了别的女人的尸体当成是她的——我把她的财产纳为己用。她回来后，你认出了她，米尔·阿米蒂奇姨妈认出了她，柯德林顿先生以及所有的亲戚都认出了她。但我却坚持声称她不是安妮，直到全部证据摆在我面前才松口。我其实没必要听取伊娜丝的建议，或尊重托马斯的想法，不是吗？你看这结果就像是——我抛弃了她，我撒了谎，我一直都在拒绝她。”

“菲利普……不要……”

菲利普那一连串急促又苦涩的抱怨被打断了，但仅仅只是一时。他盯着琳德尔，仿佛眼前的这个人已不是她，而是一个极大的无底深渊。他站在边缘处摇摇晃晃，似乎下一刻便会坍塌，令他跌落进去。

“你看不出来吗？你看不出来，柯德林顿先生可看出来了。他费了不少口舌，告诉我要感激安妮想的这个办法。如果她选择上诉，如果她表现出任何不满，如果她没有展露出最大限度的宽容，那我的名誉肯定会受到损坏。她希望和解，希望能化干戈为玉帛，希望我们能给彼此一个机会。她没有要求我们马上就住在一起，只说在正常合理的条件下生活在同一个屋檐下——两个人一起出席公众活动，直到平息所有的流言蜚语。我能怎么办？我不能拒绝她是吧？”

琳德尔说：“你不能。”她缓慢地有些僵硬地直起身。她不敢活动膝盖，怕它们发抖，于是非常小心地控制住它们，以至于她觉得自己像个呆板的木偶玩具。

等她站稳后便轻声说道：“你必须做她想让你做的事。你要爱她。一切都会回到从前的。”

“会吗？‘初恋，仅此一次的爱恋，最美的爱恋 [注：原文为法语。英译为 First love，last love，best love。]。’我一直觉得这句话纯粹是胡说。我刚才都告诉你我和她的观念已经不同了。琳恩，就算是现在，证据摆在我眼前，我也想告诉你她对我来说不是安妮。”

“那她是谁？”

“一个陌生人。我觉得我们根本没有共同经历过一些事情——即便她告诉我了只有安妮才知道的秘密。”菲利普突然动了动，“你要走了？”

“嗯。”

“什么时候？”

“明天。”

一阵又长又沉重的沉默席卷而来，毫不费力地压制着整个房间，也压制着他们的心。她明天就要走了。他们没有多余的话倾诉，因为彼此早已交换了全部的心事。菲利普只要伸出手就能触碰到她，但他没有这么做。他们之间的那根红绳已经断了，随着沉默的衍生两个人的距离也越来越远，那些共同的想法、情感也渐渐消失殆尽。

米尔·阿米蒂奇进来时，他们都站在原地没有动，但两个人的心已经相距甚远了。

第十四章 小店

扫码听本章节
英文原版朗读音频

九天后报纸上的新闻奇迹般地消失了。总的来说，这件事处理得算是比较谨慎的。安尼·乔伊斯和家族的关系，以及因外貌相似而错认的身份都被巧妙地处理了。不久后，报纸也撤了所有关于这件事的版面。安妮回来后一个星期，记者开始纷纷打电话到家里要求预约采访。

安妮收到了一本定量供应册，里面还夹着买衣服用的礼券，她把这些东西和一个支票簿都装进自己的手包里，提着它去城里买东西，同时也知道了自己的银行账户上有一笔可观的财产。她给自己安排了满满一天的行程。首先在买衣服上出了点问题，仅有的 20 张礼券令她有些恼火——意味着自己在一月底之前只能用这些买衣服。她可以从拉梅奇太太那儿要到 50 张礼券，后者在穿着上一般会比较节俭。再者等到她的案子被广泛关注后，应该还能再从英国贸易部那儿拿到 40 张。用 18 张礼券买件大衣，再花相同的礼券买件外套和短裙，11 张买连衣裙，7 张买鞋，至于内衣——礼券就像是用竹篮打水一样，留都留不住。虽然不能责怪米尔姨妈当初闪电般地把安妮·乔斯林的衣柜送了人，但心里还是不爽到了极点。

此外，安妮还需要再重新烫一遍头发，做个面部护理和美甲。的确是非常充实的一天，若不是自己包里的一封信她会特别期待这一天的各项事宜。她不停地告诉自己那封信只是有点烦人而已，别想太多。

是件可以十分轻易就能解决的事情。不论事态发展到何种地步，安妮也可以亲自解决。用第三人称来写会十分简单，比如“乔斯林夫人觉得在安尼·乔伊斯的讣闻里没有什么要补充的内容了。她不认为……”不，这样说不好——太生硬了，太傲慢[注：原文为法语。]了。伤害别人的感情总归是不好，应该更言简意赅一些。“亲爱的柯林斯小姐，我想我不能告诉你任何关于你想知道的可怜的安尼·乔伊斯死亡的事。我会随信附上我能给你的全部资料，如果那些能派上什么用场的话，我一定会亲自和你见面。但我真的觉得到最后我们俩都会失望的。”就这么写。

安妮感到有些遗憾没有写这样一封信后再邮寄出去。毕竟，谁会知道内莉·柯林斯曾写过信给她，她也寄过信给内莉呢？即便这只是她脑子里的想法，但她知道自己无法遮掩，她写下的不知道算不算是回复的文字，都不是她计划中的一环——她应该严防死守的严峻的一环。刹那间她有些恍惚，一种奇异的感觉——突如其来的急促的战栗，令她麻痹、惶恐又不安。这感觉一晃而过，有时候她再想这件事还是会感到害怕。

幸运的是，她还有许多事情要考虑。需要买一些品相不错的衣服，但是得亲自去淘而且价格还不便宜。她花了 25 英镑买了一件大衣和一条上好的苏格兰毛呢短裙，米色的裙子上装饰着褐色的条纹和斑点图案——非常时尚，这两件就用了 18 张礼券。一双户外用鞋、一双家庭用鞋——用了 14 张礼券。6 双长袜——又是 18 张礼券。安妮发现自己总是盘算着用剩的礼券数，反而很少关心衣服的价格。

下午三点，等一下她就要去回忆曾经令她害怕的事情。她踌躇地站在两扇狭窄的窗户间，窗户的一边摆着一尊金发碧眼、笑容可掬的蜡像，另一边的天鹅绒垫上搭着一只染着指甲的洁白的手。两扇窗户后悬挂的窗帘颜色十分鲜亮，法语称作蓝釉。天鹅绒垫以及那尊金发女郎蜡像身上的装饰都染着亮丽的玫瑰色。大门上方烫金的卷轴形状上刻着房间的名字，安妮·乔斯林按下门把手推门而入。

如果她毫不犹豫地直接进去，琳德尔就不会见到她。如果她在门口再多逗留一段时间，进店之前就能和琳德尔打个照面。无论是哪一种情况，她可能都无法进行和菲利克斯先生的预约了，她也许会亲自写信给内莉·柯林斯。

事实上，琳恩站在马路对面，被吓得有些不知所措，等她回过神来后去确认刚刚看到的是不是安妮已经太迟了。好吧，那并不重要，重要的是琳恩不确定自己是不是也被安妮看到了，因为那两扇窗户之间的大门的上半部是用镜子做的。问题是，那面镜子能反射多大面积，安妮推开门进去之前又看到了多少东西？如果那人的确是安妮，而且她发现了琳德尔在看她，她会怎么想？琳恩怎么不过来和她打招呼？琳恩因为什么理由要避开她？如果安妮这么想就太糟了。不能任由这种事情发生，永远都不能。她要阻止这种想法的滋生。

琳恩等着马路上川流不息的车辆经过，当她准备过马路时，原有的勇气又淡了不少，但始终没有全部消散，她得去亲眼验证刚刚看到的是不是安妮。她记得看见了一件毛皮大衣和一抹蓝光闪进了那家店，如果进门能看到件毛皮大衣和蓝色长裙，那毋庸置疑就是安妮。

琳德尔走了进去，看到柜台前排着两个女人，一个高挑性感的职员正背过身子在货架上层翻找东西。排队的两个女人虽然都穿着皮草，但不是安妮，琳德尔非常确定看到一个穿着毛皮大衣的女人走进了这家店。

琳德尔站定，等那个女职员转过身，但她没有。排队的一个女人正描述着她想要的啫喱液的类型，旁人根本插不上嘴。性感女职员说他们没有那种啫喱液，但有其他种类的，而且效果还不错。琳德尔看出这话题得持续很久，一时冲动下她径直穿过店铺，一个布艺的小拱门后是专门用来染发美甲的几个房间。如果安妮正在做头发，那琳德尔就能在这儿找到她，如果她不在，琳德尔也完全可以说她在找自己的朋友。

琳德尔一穿过通道，便听到了水流的声音。小斗室没有安装门，而是用门帘作为遮挡，这使琳德尔很轻易就能看到里面。有一个脖子红红的胖女人，另一个瘦女人则是躺在洗发椅上头枕着水池。这边一个黑人小姑娘在做美甲，那边是烫头的，还有一个做美甲的。没发现安妮，也没看到她的大衣。不管怎么说，那衣服一定在这里的什么地方。

走廊尽头的斗室中间又是一扇镶着镜子的门。琳德尔看见镜子里的倒影正如同幽灵般一步步朝自己靠近。镜子里的琳恩·阿米蒂奇一身灰色毛呢套裙，头戴暗红色帽子，面露怯色，战战兢兢。把恐惧写在脸上是极其愚蠢的行为，假如心存疑虑无法确信自己决定是否正确时，恰恰要抬头挺胸做出一副世界尽在我手中的骄傲姿态。

琳德尔推开门，走进一个狭小方形的空间。她左手边是一条坡度很陡通往楼上的木质楼梯，右手边和前方各有一扇门。不同于前面明亮的店面以及刚刚经过的温暖又潮湿的斗室通道，这里很冷很阴暗，还散发出一股子发霉的湿气。显然这儿应该不是店里用来招待客人的地方。安妮不会在这里，这念头刚闪进琳德尔的脑子，她就听到了安妮·乔斯林的声音。

她没来由地被吓了一大跳。只听到声音，而不是语句，她不确定——是的，琳德尔不确定那是不是安妮的声音。如果她当时脑子里没有闪过关于安妮的想法，她绝对不会联想到这是安妮的声音。她犹豫着向前迈了一步。琳德尔的眼睛已经适应了屋内昏暗的光线，她发现面前的那扇门并没有完全合上。虽然它并不是敞开着的，但合得并不严实。有些门就是这么讨厌，合上后又突然弹开，不然就是根本关不严实。

琳德尔把手放在门上，这做法纯属无意。她不带任何考虑和计划地轻轻推了推门，轻而易举地打开了一条细细的缝儿，门里的光渗透出来，犹如一根金色的丝线。琳德尔听到那个貌似安妮的声音说："你不妨让我给内莉·柯林斯写信，她最没有心机。"一个男人的声音如耳语般低声道："这轮不到你来说。"

琳德尔缩回门上的手，转过身，心脏开始以几乎令她窒息的速度飞快地跳动起来。她感到羞愧又莫名地害怕。如果此时迅速离开，她整个人也许会陷入恐慌中。但她必须离开，必须以最快的速度、不发出一点声响地离开。她觉得自己似乎已经无法动弹了。

琳德尔再次感受到了小斗室的温暖潮湿，她穿过布艺通道，回到大厅后，发现依然是她来时的场景——两个女人站在柜台边喋喋不休。售货员依旧背过身子整理着瓶瓶罐罐。琳德尔径直走过她们，回到大街上，没有引起任何人的注意。

第十五章
琳恩

扫码听本章节
英文原版朗读音频

佩勒姆·特伦特在柯德林顿先生口中是一个的非常有趣的人。琳德尔·阿米蒂奇当然也很喜欢他。他常顺路来莉拉的公寓拜访，莉拉也欢迎他的到来。琳恩曾和米尔·阿米蒂奇说过，她和佩勒姆只是朋友，至少，她单方面是这么想的——不清楚他的想法。不过她现在需要的就是这个——有个人能带她出去，体会自己被珍视的感觉。

琳恩和佩勒姆·特伦特出去约会后，就发现他是十分不错的伴侣，对她这个客人也彬彬有礼。和他在一起比坐在家陷在自己快要崩塌的世界里要好得多。当这种无助感来临时，最好的解决办法就是尽快走进别人的世界。琳恩的世界已然倒塌——她的，菲利普的，也许安妮的也摇摇欲坠了。但佩勒姆的世界在既定的轨道上井然有序，既安全又充满欢乐，令人轻松愉悦，时不时可以开怀大笑——跳舞，看电影，看剧，看歌舞秀，这个五光十色的世界会拖延足够长的时间，让你想不起来自己那个支离破碎冰冷的心脏。

他们也不总出门。那时他们就待在莉拉装扮闲适的会客厅里聊天。佩勒姆有时给他们表演。那双方正的大手上，看似生硬的手指却十分灵巧地在斯坦威钢琴的琴键上飞跃弹跳。只要姑娘们想听，他可以不知疲倦地一首接着一首弹奏下去，直到睡觉前他会挽起琳恩的手，问："我弹的你喜欢吗？"琳恩有的时候会说"喜欢"，有时却笑而不语，每次都话到嘴边却表达不出来。只有菲利普，能通透地看清自己的内心，知道她想说的话。所以，由于彼此之间默契到不需要言语，他们常常陷入沉默。

音乐带领琳恩走进一个既属于自己也属于佩勒姆·特伦特的全新世界，这个世界的大门是佩勒姆的弹奏开启的。在这个世界里，所有的感官和情绪都得到了升华，变得纯净美丽，音乐抚平了悲伤，祭奠了过去。因此琳恩精神焕发，重新振作起来。

最终，米尔·阿米蒂奇没有继续留在乔斯林庄园。不是她故意拒绝了菲利普希望她留下的请求，而是她已经欣然同意了自己的嫂子珂蒂·阿米蒂奇发出的邀请。珂蒂身体不好，得了种任何医生都不认识的怪病，已经25年了。这病给她自己带来痛苦的同时，也使她的家庭陷入各种困境。她的丈夫先她去世，两个大女儿已经结婚了，小女儿每次又因为奥利芙的出现濒临崩溃，珂蒂便提笔写信给她最亲爱的米尔，希望她能来探望他们。至于米尔，因为心软，每次都会赴约。

“当然，她真正需要的是有人能去给她泼桶冷水。”

“那你怎么不这么做？”莉拉看着即将启程去伦敦的米尔说。

“我可不敢，但希望有人能这么做。我每次去的时候都下定决心告诉她她是个自私的奴隶主，对于奥利芙来说。但我没有这么做。”

“为什么不说呢？”

“一则是我说了奥利芙也不会感激我。这就是被人奴役后最可怕的地方了——明明是受害者却不想得到自由。奥利芙已经被驯化了。你知道的，琳德尔的父母去世后，她曾和珂蒂一起生活了两年，所幸及时逃离了那里。琳恩的父母在她 9 岁时死于一场车祸，琳恩差点也活不下来。她很敏感，你知道的——又多愁善感，对她这样的姑娘来说生活不易。莉拉你真是个天使，收留了她。”

“把她留在身边我很开心，米尔姨妈。”

米尔·阿米蒂奇浪费地捏碎了手里的面包，若是沃尔顿爵士看到这一幕肯定会生气的。其实米尔若能意识到自己在干什么也一定会生气，但她没有。她想和莉拉说些什么，但不知道怎么开口。米尔可以做到对所有人热情、慷慨，给予他们无尽的宽容，但唯独做不到精明圆滑。她坐在那儿捏着手里的面包，一身芥末色的毛呢套装，乱蓬蓬的头发上扣着一顶帽子，活像从头上延伸出去的触角。

莉拉穿着黄色的毛衣和咖色半身裙，她神采奕奕，带着美国姑娘与生俱来的开朗。一头乌黑的卷发仿佛能折射出无尽的光彩，她身上的一切都和她这个人相得益彰。她周身的温暖和友善，宛如蜂鸟的歌声和花朵的芬芳，不是刻意而是自然地流露于人前。她笑了，说："你为什么不直接说出来呢，米尔姨妈？而不是总烦恼该如何说。"

米尔·阿米蒂奇的眉头松动了，咧开嘴露出一排牙齿，苦笑道："其实这事对我来说无所谓，不是吗？虽然说话拐弯抹角不好，但人们有时又希望这么做。我母亲之前总抱怨我管不住嘴，说话耿直。如果要说的是好话，那拐弯抹角加油添醋还有什么意义？如果是不好的话，那么，一吐为快总比憋在心里强。所以就这样吧——菲利普和安妮马上要搬进城里了。因为每天在城里和庄园之间来回奔波的开销太大。某天吃晚餐时，菲利普和安妮提了这个情况，安妮第二天便去城里买了套公寓。就我说，菲利普的意思根本不是要买套房子，但他什么都表达不清楚。至于安妮，当然会自以为聪明地解决这件事。不是说这个解决方式不对，但我就是不喜欢那些耍小聪明的人——圆滑又世故。你知道的——那些人说话音量低沉，谦逊又有些吞吞吐吐。安妮想取悦菲利普让他高兴。她之前还想到了冬天，菲利普去城里一趟该多不容易，当打听到这栋公寓时就觉得是个不可多得的选择。"阿米蒂奇夫人皱着脸有些抱歉地说，"好了——我没什么资格这么评论安妮，是不是？但我从来都没有喜欢过她，也永远不会喜欢她的。"

莉拉坐在对面，手臂撑着下巴，那双微露困惑的棕色眼眸含着笑意，道："你为什么不喜欢她呢，米尔姨妈？"

"我不知道——就是不喜欢。对菲利普来说她就是个灾难——

一直都是——如果不是因为那个错误使他们 3 年多没见，他们估计早就生活不下去了。你想想，当一个男人刚刚意识到自己选择的是个错误的婚姻，在 3 年半的时光里他以为自己已经摆脱了这场婚姻，没想到现在他又要重新和她一起生活，你能理解他的感受吗？且不论他深爱琳恩这件事。”

“他喜欢琳恩？”莉拉棕色的眼睛满是不安。

米尔·阿米蒂奇点点头：“我本不该把这件事说出来，但他的确喜欢琳恩。这本身也没什么问题，直到安妮的出现。琳恩适合他，他也适合琳恩。你觉得他现在的感受是什么样的呢？我愿意去见珂蒂，我不能留下来让他和琳恩的关系愈演愈糟。你看，最坏的是他们都在努力地忘记对方——我从没见过谁有那么努力。”

“听起来真难过。”莉拉的声音有些心疼。

米尔·阿米蒂奇做了个在她 10 岁时就被禁止再做的鬼脸，使她看上去非常像一只青蛙，这比乔斯林家族的任何令人不快的语句还要让人厌恶，她说：“他们搬到城里这件事让琳恩很难做。她忠于安妮——只有她是。我不知道她现在还能忠于安妮多少，但她自己认为她有义务这么做，这想法会让她精神分裂的。到时候他们一定会见面，虽然我觉得安妮应该什么都不知道——这件事倒不至于伤害她。安妮眼里的琳恩应该还是战争之前——那个还在上学的小女生偷偷喜欢着自己。琳恩不会破坏任何东西，她会去见安妮，和她交心，因为她觉得这就是正确的做法。只要是她觉得是正确的事情，就会去做。琳恩没有保护自己的盔甲，她一定会受到严重的伤害。我无法忍受她受到伤害——这就是为什么我要和你说这件事的原因。”

“然后呢？”

米尔·阿米蒂奇冲动地伸出一只手：“这就是为什么在听到佩勒姆·特伦特时我会那么高兴。虽然我并没有奢望他们能深入交往——他对琳恩来说年龄有点大了。”

“他看起来不老。”

“37 岁左右吧，我想。但那没关系。真是个意外的缘分，能有人欣赏她，关心她，花时间和她在一起。我觉得虽然不会有什么结果，但琳恩喜欢他，他会帮助她度过一段糟糕的时光。”

她们之间的谈话正如开始时那样，以佩勒姆·特伦特的话题结束。

第十六章
列车

扫码听本章节
英文原版朗读音频

内莉·柯林斯小姐坐在一节空的三等火车车厢的角落里。她希望有人能进来——一些和善的人。她并不在乎旅行中乘坐的车厢是不是空的，因为总有些不怀好意的人会瞅准机会进来。在她还是小姑娘的时候，听过一个故事，关于她克里希婶婶的朋友和一个疯子共乘一列火车，从斯温登到布里斯托尔的整个路程上，那个疯子不停地让她吃胡萝卜和芜菁。克里希婶婶的朋友经历这种事情之后，精神一度极其衰弱，尽管这件事已经过去至少 50 年了，但内莉现在乘坐的这趟普通列车从布莱克西斯到沃特卢中间经停的次数太多了，等于是给了疯子无数次上车的机会，内莉小姐只希望能确保安安全全地到达目的地。她穿着自己最好的大衣和裙子正襟危坐，头上戴着一顶周日帽，脖子上是一个她出席任何重要场合都会佩戴的皮草领结，以至于它的毛已经有些脱落了，谁也说不好皮草那贵得惊人的价格还能维持多久。大衣和裙子是鲜亮的蓝色，因为内莉年轻时曾有人告诉她应该穿能搭配她眼睛颜色的衣服。那个人已经结婚了，但内莉仍然执着于衣服的颜色搭配无法自拔。她的帽子无疑是黑色的——她从小受到的教育就是戴黑色帽子是淑女的标志，但帽子上装饰的蓝色缎带，与大衣和裙子不太搭配，换成一小束花倒会比较适宜。宽帽檐下卷发已经褪了色，曾经玉米般金光的颜色，现在却陈旧灰暗得像八月收割后遗留在地里的残茎枯木。少女时期的她拥有苹果花般的娇嫩肤色，但现在容颜逝去，只剩一对惘然失色的蓝色眼眸。

她正想着也许一个人都不会进来时，约莫五六个人从检票的列车员身边走过。其中两个是男人，他们径直穿过月台，走进车厢里距离他们最近的隔间。柯林斯小姐松了一口气。她觉得他们看起来还挺开朗，其中一个男人的步伐还轻飘飘的。剩下的是一个带着两个孩子的身材魁梧的女人。一个腰杆挺直身形小巧的女人穿着带毛领的黑色布夹克，可以看出这衣服已经很旧了。

魁梧女人和孩子们去了那两个男人的隔间，但穿着破旧外套的小个子女人却走了过来。柯林斯小姐非常希望她能进来和自己坐在一起。她甚至松开了隔间的门把手，挤出一个近似微笑的表情来放松自己脸上紧绷的线条。隔间门被打开的同时，火车也开动出发了。穿黑外套的女士走了进来，坐在对面的角落里。她一落座就触碰到柯林斯小姐热忱的目光，听到她说：“噢天哪，你差点就错过了火车。”

刚走进来的那个女士名叫莫德·希娃。她曾经的职业是家庭教师，不过看起来现在依旧处于这个岗位。不过，如今她的那张真实的职业证上应该添上“私人调查”这几个字。成为一个长袖善舞的人是她人生信条的一部分。她把自己的成功归功于她极其容易与人交往这件事上。她既不生硬地排斥也不表现出任何慌乱。如果在这两个极端之间还有一个表现形式，可以说正是她所追求的稳定的情感。现在她便做出了温和友善的回答，解释说自己总是因为错失火车而烦恼——“但是我的手表坏了，所以我只能看我侄女家餐厅里的钟，但它的时间恐怕不是像她告诉我的那样值得信赖。”

这正是那种使柯林斯小姐无法忽视的话题开头。

“你一直和侄女住在一起？听起来不错啊。”

希娃小姐摇了摇头。她戴着一顶战前款式的毛呢帽，但是帽子上的缎带是新的，还有那束装饰用的紫罗兰估计，只能撑一个冬天。

“不，只是去做客。”她说，“顺道吃午餐，如果真错过了这列火车我会非常内疚的，毕竟我得去伦敦参加一场订婚茶会。”

柯林斯小姐羡慕地望着她，和侄女共进午餐，接着参加订婚茶会，听起来感觉非常不错！“真是太美好了”她重复道，“我常常幻想能有个侄女，空闲时去看望她该多好，但我家只有我和我姐姐，我俩又都没有结婚。”

希娃小姐咳嗽了一声道：“婚姻有幸福的一面，但也有不幸的一面。”

“但能拥有侄子侄女们一定特别好。不用对待他们像自己的孩子那样付太多的责任，你应该明白我的意思，但彼此之间的关系又足够近，能让人觉得自己的确拥有了些什么。”

希娃小姐脸上的笑容僵住了。如果今天拜访的是她的侄女艾舍尔·博克特，那她肯定会不遗余力，积极地赞同刚刚柯林斯小姐说的话。但她今天拜访的是侄女格拉蒂丝，她一向认为这个侄女被宠坏了，今天的拜访也没让她有任何改观。格拉蒂丝比艾舍尔年轻，样貌也美丽得多，金钱上也非常富裕，又嫁给了一个离过婚、年龄大她两倍、但业务精湛的律师。当然，她不能对一个陌生人说这些话，在自己的认知中，柯林斯小姐并不比格拉蒂丝家餐厅里的钟表更值得信任。不过她倒是可以谈谈艾舍尔和她的丈夫——一个银行的经理，还有艾舍尔的孩子们，也能吸引柯林斯小姐的眼球。她打开手提包，拿出一双自己为约翰尼·博克特 [注：艾舍尔·博克特的儿子。] 织的朴素舒适的灰袜子。

“当然，”柯林斯小姐说，“从某种程度上讲，抚养孩子是一种责任，不管他们是不是你亲生的。我和我姐姐一起抚养了一个女孩儿，如果她还活着，我也许会去看望她——就像她是我的侄女一样，你也许会这么想。”

希娃小姐看起来有些小心翼翼，又透露出些许同情，问道：“她死了？”

“我想她是死了。”柯林斯小姐的语气有些迟疑。她的颧骨上方呈现出零星红色的光晕，“是这样的，我姐姐和我从事着一桩非常精致的小生意——当然我现在还在干——很有魅力的工作。

圣诞节时还会制作一些玩具和日历。我们有一整栋房子，我母亲去世后，我们空出了一楼——给一个非常友善安静的人和一个三四岁左右的小姑娘住，这一点也不麻烦。我们特别喜欢这个孩子——你能想象我有多喜欢。当乔伊斯太太去世后——嗯，我们能怎么办？我们没办法把可怜的乔伊斯先生赶出去——他受了很大的打击。这事发生之后，正如你想说的，我们抚养了安尼长大。我觉得别人肯定会说闲话，凯莉 [注：内莉·柯林斯的姐姐。] 的年龄比我大一些倒还好，毕竟——嗯，生而为人就得有人性，不是吗？当乔伊斯先生整个人都精神萎靡的时候，没有任何一个关系亲近的亲戚来找过他。”

希娃小姐把手里编织的袜子勾了一针，眼睛里透露出专注的神情。柯林斯小姐话音刚落便能感受到她传来的同情:“我的天哪。”

“从来没有人来看过他，”内莉·柯林斯强调说道，“他一直在谈论那些亲戚，如果他的父亲没有做对不起他母亲的事，他绝对会世袭成一个拥有丰厚地产的准男爵，而不是一家普通公司的职员。也许你会以为那些亲戚会因为这些财产对他产生些兴趣——但可惜他们不是这样的人。12 年来，他一直住在我们家的一楼，不管你信不信，从来没有人来看过他——至少不以亲戚间的模式，如果你能理解我的意思，直到他死后才有人来看他。”

“他死后有人来看他了？”

柯林斯小姐漫不经心地晃了晃脑袋：“一个自称是他表姐的人。”

希娃小姐给她轻轻咳嗽了一声：“我想，应该是特丽莎·乔斯林小姐。”

“啊！”柯林斯小姐惊呼道，“哎呀！我可从来没有和你说过——我确信自己从没……”

希娃小姐笑道：“你提到了乔伊斯的这个姓氏，你还叫那个小女孩安尼。如果我擅自把这些名字联想到一起，你一定要原谅我。最近这些报纸登满了关于乔斯林夫人在被当成死人祭奠了3年半后死而复生的事，而且那个顶替她的名字被埋葬的人是个私生子，后被特丽莎·乔斯林小姐收养，名字正是安尼·乔伊斯。”

柯林斯小姐非常吃惊。

“我确定自己绝没提过这些事——那名字一定是刚刚说漏嘴溜出去的。我再没提起过这些事情——自从我坦白了我所知道的一切后。”

“在你坦白了你知道的一切后？”

柯林斯小姐点点头：“我向一个给我打过电话还和乔斯林夫人见过面的男士坦白的。他没有说他是谁，我还以为是菲利普爵士——因为毕竟大家都熟悉爵士们的那一套，我可不会跟一个人谈论到这些，除非是他。”

希娃小姐露出一副对她来说最讨好的表情：“上帝保佑，他说了些什么？”

“嗯，你知道，我给乔斯林夫人写过一封信——我希望你不要认为我是在向她施压……”

“我相信你绝对不是这种人。”

柯林斯小姐满意地点了点头：“嗯，在把安尼抚养成人后，我认为我有权利这么做。”

“你写了什么？”

“我写信告诉她我是谁，我还说如果她允许，我愿意来看看她。因为我听说过很多关于可怜的安妮的消息，我当然需要知道真相，顺便听听她会说些什么。接着那个男士打来电话。我姐姐生病后，电话费超出预支很多。现在住在一楼的女士会出一半的钱，所以这不是一笔很大的费用，自从凯莉去世后，我不承认我们的公司已经垮了，也就是说这电话随时可以接听。所以我把电话号码写在信的最前面。刚刚我告诉你的那个男士，打了通电话来。但他没有透露自己的名字——只说乔斯林夫人打算见我，让我四点钟到滑铁卢车站，左手拿张报纸，这样她就能认出我。”

报纸在她旁边叠放得整整齐齐。希娃小姐的目光在那上面停留了一会儿，又回到柯林斯小姐的脸上，露出一副最佳听众的表情。

“当然，我告诉他，根本就没有必要这么麻烦，如果乔斯林夫人有一丁点和可怜的安尼相似的地方，那她和菲利普爵士之间绝对有误解。我在报纸上看到了乔斯林夫人的照片，从外貌上来说，你知道——她们有非常相似的特征，而这些特征是终生不变的。安尼五岁时，就有了这些特征，我也是从那个时候开始抚养的她。你知道，那些女孩子，一年一个样儿——今年长了些肉，明年又瘦回去，以至于你几乎不能真正认识她们。但安尼不是这样的——这就是她的特别之处。同样地，乔斯林夫人也是这样。所以我对那位先生说：‘好吧，我会随身携带一份报纸，尽管这没必要，因为不用她找我，我就能知道她在哪里。”

希娃小姐继续以那副最佳听众的样子凝视着她："他还说了些什么？"

内莉·柯林斯俯身向前，沉浸在自己的世界里。她的一生，仿佛总是孤独的。她非常想念凯莉。住在她家一楼的史密瑟斯太太总有说不完的话，但内莉从来不愿意听。史密瑟斯太太的8个子女都已经结婚了，分住在地球的各个角落。因此，关于家长里短的消息源源不断——孩子的出生、患病、就业、事故、升迁、死亡、葬礼、幸运和不幸的事、学校发的奖品、商船的沉溺、一个女婿对一个脱衣舞娘的疯狂追求——这些消息从来没有任何要结束的意思，而内莉也觉得有点多得吓人。她愿意把自己的故事倾吐给眼前这个安静的、善于倾听的女士。

到了此时，列车已经停了不止一次，但都没有人进入车厢。内莉神秘兮兮地俯下身子说："嗯，他问我照片是不是和安尼很像，我说是挺像的。他说，我想我已经知道怎么区分乔斯林夫人和安尼了，你知道——我还说别说是照片了，就是她们真人站在我面前，我一眼就能分出来。他问：'你怎么做到的？'我说：'呃，我就是能看出来！'接着他笑道：'好吧，见到乔斯林夫人后你可以告诉她这些。'他的声音语气听起来很绅士，我猜应该是菲利普爵士。你觉得呢？"

希娃小姐说："我还真说不上来。"

她的话熨帖得让尼莉·柯林斯鼓起了些许勇气，接着补充说道："我当时就觉得可能是他，也许我见到乔斯林夫人后可以问问她。你觉得我可以问她吗？

“噢，可以。”

“我想肯定是菲利普爵士，因为他还问我有没有写信告诉过其他人，让我不要和任何人说我是来见乔斯林夫人的。他说他们已经疲于应付记者们的追问了。这话听起来就是菲利普爵士啊——不是吗？”

希娃小姐手里的灰袜子轻快地打着转，她说：“是的。”

“所以我当然答应他我不会对任何人提一个字，我没有——甚至连对史密瑟斯太太也没有说过。她现在住在我家一楼，之前安尼住过的那个房间。她人挺好的，但最好还是不要什么都告诉她，她是个大嘴巴，肯定会把事情传出去的。”

“的确如此。我认为你没有告诉她这件事是非常明智的。”希娃小姐说，“你刚才说过，你很肯定你一直能分得清安尼·乔伊斯和乔斯林夫人。你的意思是不是，因为有一些区别她们的标记——能让人一眼就认出乔伊斯小姐？”

内莉·柯林斯几乎没怎么动地点了点头。她噘起嘴唇，靠着椅背。过了一会儿，她才说：“我可没提到这些。”

“哦，不是——你当然没有。我只是想，身份核实应该非常难，处理这些文件得相当慎重。但在我看来，乔斯林夫人的家人并不非常确信她已经回到他们身边。在这种情况下，你所掌握的任何特殊证据可能至关重要。”

多年来，内莉·柯林斯第一次发现自己被认为是一个重要的人。她有些飘飘然了。她的脸颊上充满光泽，说道：“这就是我对他说的我是最合适的人选。‘你不能把我卷进去’我说，‘除非情势所逼。’我必须说他当时笑得很开心，还对我说：‘你很积极，柯林斯小姐。’——这是我的名字，内莉·柯林斯。我说：‘那当然。’但我没有告诉他我为什么这么积极。只有当你把一个孩子从5岁起拉扯大，给她洗澡穿衣，做了所有的事情，所以，不管她发生了什么，你肯定要知道的——不是吗？”

火车再次停下后，希娃小姐说：“是的，确实是。”这一次站台上人头攒动。在列车停稳之前，车门已经被人打开了，不少人拥进车厢，不仅填满了所有的座位，还站了不少人在过道走廊里。

希娃小姐开始认真编织起手里的袜子，内莉·柯林斯拿起了她的报纸。两人之间再进一步的谈话就目前情况看是不可能了。

列车到达滑铁卢后，柯林斯小姐站在月台上对希娃小姐告别：“很高兴有你在旅途中的陪伴。也许我们还会再见面，如果你还来看你的侄女。”

希娃小姐那小巧的身躯礼貌地做了回应。她也许还会拜访格拉蒂丝——至少不会间隔相当长的时间——但她认为没有必要这样说。

“我住的离车站很近。附近的每个人知道——“淑女的针线盒”[注：这里是内莉·柯林斯的店铺名。]——有薰衣草色和蓝色混合的窗帘。而我的名字是柯林斯——内莉·柯林斯。”

希娃小姐听后一一答应，紧接着，内莉·柯林斯打开了她的手提包，拿出铅笔和纸：“请帮我写下你的名字，我对名字的记忆非常糟糕。”

希娃小姐认真清晰地记下自己的名字。想了片刻后，她又加上了自己的地址——蒙塔古大厦，西勒哈姆大街。柯林斯小姐把这张纸条塞进她手提包口袋里小镜子的后面。随后，她们友好地握了手。

“希望我们会再见面！”

希娃小姐没说什么别的话。她皱着眉，走下站台检票。人群中，她可以看到在内莉·柯林斯的帽子上有一束鲜艳的蓝色花朵。它时隐时现，宛如漂浮在人流海洋之中。最后她的身影显然已经失去了踪迹。站台非常拥挤，确实非常拥挤。有很多长相俊朗的美国士兵和加拿大人。法国的水兵们戴着他们那十分时尚的帽子——虽然那帽子看上去更像一种宽顶无檐圆帽，帽顶上还有个红色圆球。至于波兰人——他们的皮肤倒是挺神奇，不光滑的表面和他们柔顺的秀发一点都不搭配。希娃小姐瞟了一眼时钟，差十分钟到四点。她垂下目光，在人群中最后瞥了一眼那抹蓝色。也许是那束在内莉·柯林斯帽子上的花，也可能不是。她无法确定。

第十七章
茶会

扫码听本章节
英文原版朗读音频

希娃小姐继续她的行程。她对举行一次令人愉快的茶会感到很高兴。内莉·柯林斯小姐对她很感兴趣——她对柯林斯小姐也十分感兴趣。她原本想看看内莉与乔斯林夫人的会面。可现实很糟糕——除了希娃小姐自己，没有人会承认她矮小的身高可能是个障碍。事实上，在人群之中，她反而觉得自己总是孤独一人。在大环境下，她毅然决然地选择维护自己的尊严，并认为这是非常正确的事情。

她走进了一个房间，三四个人在聊天。女主人珍妮丝·奥尔巴尼热烈地过来欢迎她的到来，距上次见面已经很久了，那时她还叫珍妮丝·梅德。

“贾斯不能喝茶，他之前就说过了，他很抱歉没能和你见面……这是玛格特雷德先生和夫人……这是琳德尔·阿米蒂奇——她是个表亲。”

玛格特雷德夫妇是实在人。玛格特雷德先生很高兴，笑着说：“什么表亲，奥尔巴尼太太？”

珍妮丝也笑了。她头发上的卷透着亮儿，眼睛恰到好处地与之相配：“就是你常说的很亲近的关系。琳恩就是关系很近的表亲。”

希娃小姐握了手，并开始礼貌地询问一些奥尔巴尼上校的事。比如6个月大的婴儿在哈希石的发明者之后又被命名为迈克的事，还有关于奥尔巴尼上校的姨妈苏菲·费尔小姐的事。贾斯看起来过得不错，只不过在陆军部上班很忙。“他根本没时间回家。”迈克和苏菲小姐一起住在伯恩，“对他来说那儿可比在伦敦好。我时常在这两个城市间来回跑。我现在在这里做兼职，还能一边照顾贾斯。”

又有两三个人走了进来。希娃小姐发现自己坐在琳德尔旁边，她用了这世界上最自然的聊天方式，很快知道了阿米蒂奇小姐生病了，正在病假中——“但我想尽快恢复工作。”

希娃小姐喜欢女孩子们。她亲切地看着琳德尔说：“但你必须充分利用你的假期。时间过得总是令人惊讶地快，不是吗？

“噢，是的。”

希娃小姐意识到，对于琳德尔来说，时间既不愉快也不快。她很苍白，眼睛下有阴影。当然，她生病了，但没有什么病能让一个年轻女孩的眼睛变成这样。希娃小姐看到后觉得有些难过，问道：“你和朋友住在一起？”

“和表姐。她不真的是我的表姐，但把我养大的姨妈也是她的姨妈，因为莉拉嫁给了我姨妈的侄子佩里·乔斯林。”当她说到一半儿停下来时，有点害羞地微笑道，“这听起来复杂得很，是不是？”

希娃小姐用清亮的嗓音说：“家庭关系总是很难解释给陌生人的。你说你表姐的名字是乔斯林？”

“是的。”

“天哪！你知道，这真是个巧合。我今天乘坐的列车上碰巧遇见的一位柯林斯小姐，她要去见的人就是乔斯林夫人。”

琳德尔看起来很惊讶，还有些许惶恐。

“乔斯林夫人？”

希娃小姐轻轻说道：“是她，也许吧，也是你的亲戚？”

“是的——她是我的表哥菲利普的妻子。”

这话解释得非常简单，直到这些单词在琳德尔和希娃小姐之间飘忽不定时，她才意识到说得有些不对。与佩里对比起来，菲利普已不再是她的表哥，她可以很自然地谈论佩里，但她无法自然地谈论菲利普。他们之间没有表亲的情谊，一旦没有了那条亲情纽带，她无法在这条纽带不断拉扯她心脏的状态下说出他的名字。

希娃小姐关切地看着她，她似乎看出了一些伤感的情绪。没有人不会察言观色，正如没有人会注意不到天气的变化。

几乎没有任何停顿，琳德尔说：“但安妮今天不会去见任何人——至少我不知道她要怎么见。他们搬家到了一个新公寓，在滕特登花园。今天下午在行李运过来之后，她也会从乔斯林庄园出发过来。和我一起住的表姐莉拉·乔斯林去帮她整理东西。我不明白她怎么会去见柯林斯小姐。”

“柯林斯小姐非常希望能见到乔斯林夫人……”希娃小姐补充道，“在沃特卢时钟底下。”

琳德尔不知所措地看着她。她感觉冥冥之中自己好像知道了点什么。震惊、恐惧，她的身体仿佛已不是自己的——对，就是这样。在她的脑海中，她站在一扇没有关好的门外面。灯光透过门缝宛如一根细细的金丝线。她听到了一个声音说：“你也可以让我写信给内莉·柯林斯。”很像安妮的声音，但她也不确定——为了不被发现，她不能再离得更近了。一个男人说：“这不是你该说的话。”在理发店后面的长廊里，让她产生了恐惧和说不清道不明的感觉。她颤抖着声音说：“你还想喝茶吗？请允许我帮你续杯。”

随后又有人进来了。琳德尔不用再坐在希娃小姐旁边了。玛格特雷德夫人在她走过自己面前时叫住了她。玛格特雷德夫人正想找个人聊聊自己的女儿伊迪丝，还有伊迪丝生的那个了不起的宝宝。

据说伊迪丝的丈夫几乎从来没露过面。所以话题的中心都是围绕伊迪丝展开，她的生活，她的性格、天赋，还有兴趣爱好——她独一无二的宝宝，宝宝的性格、天赋、兴趣爱好——以及庞森比·坎宁爵士在伊迪丝的第一个舞会上对她的欣赏——当然还有威尔默特队长在见了伊迪丝的一个半小时后就向她求婚的事——

至于艾默里见到她之后，就不停地央求她让自己给她画一幅画像的事都是后话了。好吧，就是这些事，仿佛没有尽头的溪水不间断地流动。你能做的只有听了之后，时不时激动地评价说："真是厉害了！"琳德尔对这些早已轻车熟路。事实上，当她还不怎么认识玛格特雷德一家人的时候，玛格特雷德夫人就总是在谈论伊迪丝的事。唯一的区别是，即使在战争时期，玛格特雷德先生和夫人也一年比一年胖，伊迪丝却变得越发完美。琳德尔看着着玛格特雷德夫人的脸，那脸庞又大又圆又苍白，总让她联想起小圆松饼的样子。

玛格特雷德太太认为琳德尔是一个很好的听众，于是对她很亲切。当佩勒姆·特伦特过来要带琳德尔去看电影《歌舞年华》时，她还亲昵地拍了拍琳德尔的手。

第十八章
失踪

扫码听本章节
英文原版朗读音频

乔斯林夫妇搬进的新家是个带家具的公寓。他们很快就适应了新的环境，就像曾经在这房子住过那样，他们只不过离开了一段时间。菲利普对此很不开心，他迫使自己把注意力放在一个新的工作上，然而，他总是无法控制地想，在法国的村庄里生活了三年半的安妮，竟然有一些他不知道的才华，她总能把事情安排得井井有条。安妮脱下了她的帽子、外套、围巾，这样能更方便她把房间打扫得井然有序。所以，当菲利普建议把拉梅奇太太也带到公寓管家时，安妮拒绝说："她肯定会不乐意。我觉得完全没有这个必要——我会做饭。"

"你什么时候会做饭了？"菲利普问，那双蓝眼睛清澈见底。

"我在法国的时候学的，亲爱的。那是个适合学习的地方，你不觉得吗？”

有时候，一些场景会留下一些情趣——那些情趣很难持久，但却在心里久久挥之不去。至于其他的，住在这儿能比在乔斯林庄园更惬意些。他们终于不用再独处于一个尴尬的二人世界[注：此处原文为法语。]里了。菲利普工作很忙，时常还要在家加班，他可以带同事回来一起干。安妮则可以去约她的朋友们。她的电话一个接着一个，不是约午餐，就是约茶会——她得把丢弃了将近四年的正常生活重新捡起来。而这些活动对菲利普来说是一个很大的救赎。享乐主义的安妮越是去外面社交，他就越不用去担心怎么处理他们之间尴尬的气氛。他唯一期望的就是能集中精力在自己的工作上。毕竟目前手头处理的工作是高度机密的，在家开的任何小型会议都必须严格保密，所以他得公私分明，不让自己的私人空间受到打扰。

不幸的是，安妮似乎没有意识到这一点。他可以想象她是在一个多么单纯的家庭环境里长大的。“多与男人谈论他们的工作——他们喜欢这样。”她的母亲总给她灌输这些观念，她就是这样的女人。他最后被逼得无可奈何地说：“我不想谈论我的工作——你会觉得无聊的。”

她责备地看了他一眼说：“不会——真的。但是——你是说——这工作难道是个秘密吗？”她皱起了眉头。

他努力控制住自己的音量说：“大多数人的工作都是保密的。不管怎样，我一整天都要忙，如果你非要把我的工作弄得像海德公园那样敞开大门人人都能参观的话，我不想谈。”

“我以为男人都喜欢谈论他们的工作。”

他把手里的《时代周刊》翻了一页，没有作声。

那是搬进公寓的第一个晚上。也是在那个晚上，内莉·柯林斯没有回家。

史密瑟斯太太隔天早上报了警：“我的房东柯林斯小姐，她昨晚没有回家，我真的不知道该怎么办。”

警察局里，布朗警探[注：英国警察职称。]——一个已婚男子，温柔地安慰她道：“她离开家多久了？”

“她从昨天下午就走了。”史密瑟斯太太怒气冲冲地说，“她不该把我一个人留在房子里！而她的店铺也没开门——虽然这和我没关系，但她也没有把牛奶拿进来，现在是战争时期，我不能任由它白白浪费掉！”

布朗警探说：“这是当然。”接着又问，“你刚刚说柯林斯小姐是什么时候离开的？”

“昨天下午。她穿着她最好的外套和裙子，告诉我要去见一个朋友，但并没有提不回家的话。我倒是希望她留在城里住了一晚——但现在看情形又不是这样。现在已经十点了，她人究竟在哪儿，她什么时候回来，没有任何消息。我觉得肯定出什么事了。”

布朗警探发现自己在说了“事故”这个词后，史密瑟斯太太有些不知所措。

“她可能遭遇了事故。”

“那她为什么不提前告诉我呢？”史密瑟斯太太泪流满面地说。

布朗警官挂断电话后，对柯林斯小姐的遭遇有些难过。她最好真的不要发生什么事故，如果她以后还想和史密瑟斯太太和平共处的话。他开始给伦敦各个医院打电话。但没有一家医院接收过一个穿着鲜艳的蓝色套裙、头戴的帽子上还有一朵蓝色花的中年妇女。他接着便打电话给伦敦警察厅。

第十九章
事故

扫码听本章节
英文原版朗读音频

希娃小姐喜欢听那些非常真诚的感谢的话语，不仅是因为她屡屡破案成功，还有这些成功给她带来了适度的安慰。她感恩的一部分是因为她认为这是一种特权，可以粉碎邪恶分子的阴谋，为正义的实现而服务。她用她的力量，使无辜的人得到了保护和公平的机会。她在回忆这些案件时，能体会到一种善意的快乐。贾斯和珍妮丝·奥尔巴尼便是其中的一个回忆。

在结束了去布莱克西斯远途旅行后的一天，希娃小姐坐在蒙塔古大厦里明亮的炉火旁。她给约翰尼·博克特织的袜子快完成了，毕竟她前一天在火车上织了不少。这双织好后，她打算再织一双，因为她答应了侄孙在圣诞节前给他织好三双。非常幸运的是，在使用优惠券购买东西的政策发布之前，她已经准备了很多织袜子需要的羊毛。新政策并不是她期望的那样——哦，我的天——她还记得上次战争期间羊毛的惊人价格，所以这次事先准备了一些以防万一。于是，她主动担当起给约翰尼织长袜的职责，并不觉得这行为对同样需要鞋袜过冬的约翰尼的兄弟德里克和小罗杰来说很不公平。

她一边织袜子，一边满意地扫视着自己的房间，非常舒适，非常雅致，非常温馨。客厅的主打色是希娃小姐年轻时见过的一种孔雀羽毛上的蓝色。窗边悬挂的长绒棉窗帘被她打理得很好，上面没有任何图案；地毯边缘磨损的地方被她挪到了书架下，遮掩了起来；维多利亚时期的胡桃木的扶手椅，卷曲的凳腿，上面的装饰物在火光下折射出斑驳的影子。有两排抽屉的黄色大桌子和与之相配的椅子闪闪发亮，焦糖色的浮雕画框装饰着墙上各式油画——《泡沫》《灵魂的觉醒》《滑铁卢战役》《格林君主》。而她的卧室也充斥着大量维多利亚时期的藏品，两间屋子的整体装潢上倒显得相得益彰。壁炉架、书架、两扇窗子之间的桌子上，都紧紧巴巴地摆放着许多相片，其中大多数相片都镶着银边或镂空的银丝框架。里面尽是小婴儿们的笑靥，年轻母亲的温婉容颜，男孩儿女孩儿们的剪影，还有很多身穿制服的年轻男子——这些人中一些是希娃小姐的亲人，但更多的是她曾经因为正义帮助过的人，没有她的帮助，有些孩子也许根本不会来到这个世界上。这些相片不仅是房间的装饰品，更是希娃小姐侦破成就的记录。

希娃小姐穿着一身家居裙装，一头亮丽的灰色秀发被整齐地编成辫子梳在脑后，额前卷曲的刘海儿像亚历山德拉皇后时期流行的那样，搭在眉心。这发型原本已是30年前的老样式了，约10年前又重新得到了世人的青睐，但无论时尚与否，希娃小姐总是梳着这个发型。此外，她身上的家居裙装是件橄榄绿的羊毛连衣裙，衣领很高，在脸颊两面由一个小网子撑了起来。裙摆厚重颀长，但恰到好处地露出了希娃小姐裹在黑色羊毛袜里的脚踝和穿着拖鞋的脚趾，至于这衣服从哪儿买的只有她自己说得清。她胸前戴了一个橡木的玫瑰形胸针，花蕊的地方镶着颗珍珠。她鼻梁上戴着夹鼻眼镜，下面缀着上好的金链子。但希娃小姐平时不常用它，总是把它别在胸针的珍珠上。

听到电话铃声响起后，希娃小姐把约翰尼的袜子放在椅子的扶手上，走到写字台前。她提起话筒，一个熟悉的声音传了进来。“希娃小姐——是你吗？” 是伦敦警察厅阿博特警探的声音，“我想来看看你——如果可以的话。”

“当然没问题。”希娃小姐语气亲切。

“最近怎么样？过得好吗？”

“很好。”

希娃小姐给阿博特警探织的袜子多加了四分之三英寸的长度，仿佛他是自己家里一个备受宠爱的年轻亲戚。阿博特对自己的尊重希娃小姐明显能感受得到。在她看来，他冷静知礼，令人钦佩。那双清澈的冰蓝色眼睛含着笑意看着她。他身量修长，是个举止优雅的年轻人。他是警察学院毕业的优秀学员。他身穿的深色西装笔挺熨帖，鞋子被擦得锃亮。若是在公共场所，希娃小姐会把他当成警探，严谨对待。但在她的公寓，他只是个既可爱又直率的学生。如果伦敦警察厅的年轻探员们，有能像阿博特那样看着她时既尊敬又带一丝狡黠的人的话，她会认为他是个非常有前途的学生。

寒暄过后，他们坐了下来。希娃小姐恢复了她一贯的口吻，问道："我能为你做些什么，弗兰克？"

弗兰克·阿博特说："我不知道。"接着又说，"我希望——这也许是个好事——也许不是。"他拿出一个小本子，从里面抽出一张纸条，上前放在希娃小姐的膝盖上，问，"你见过这个吗？"

希娃小姐放下了手里的针线，拿起纸条。它的形状大致为三角形，底边不到两英寸宽，参差不齐，其他两个边则很平滑。显然，这是从一张纸的边角处撕下来的。希娃小姐看的那面没有任何字迹，她把纸条翻过来，看到纸条的底边上模模糊糊写着一些东西："弗""公寓""汉姆大街"。这是仅有的遗留在这纸条上的字迹。

弗兰克·阿博特说："见过吗？"

希娃小姐说："这上面有我的名字、我的地址、我的笔迹。如果你看不出来这些，你现在就不会在这里了。"

弗兰克点点头："这是你写的纸条。还记得是给谁写的吗？

希娃小姐把椅子扶手上的袜子拿了起来，缝衣针上下摆动："噢，我记得。"

"你确定吗？"

希娃小姐有些不满地说道："如果不确定，我是不会这么说的。"

"对，我知道你不会，但这件事很重要。能告诉我你是在什么时候、在什么情况下写的这个纸条吗？"

希娃小姐把注意力从纸条转移到弗兰克的脸上，说："我昨天去了布莱克西斯。回程的火车上，和一个名叫内莉·柯林斯的小姐同在一个隔间。她告诉我她开了一间小巧迷人的饰品店，离车站不远，她要去城里见一个人，那个人能给她一些她以前照顾过的一个孩子的消息，她认为那孩子应该是死了。她和那个人约好下午四点在沃特卢车站的时钟下见面。我们分开时，她说如果我还要去看我的侄女，就邀请我顺路去看看她。她让我留下我的名字，我就这样做了。上帝保佑，她发生了什么事，弗兰克？"

弗兰克说："你还写了你的地址。为什么这样做？是出于个人原因，还是因为你的职业？"

"你为什么问我这个？"

弗兰克蓝色的眼睛里闪烁着光芒："因为我想知道，你给一个陌生人留下名字和地址，是不是因为觉得自己被她吸引了，想再见到她，或者你觉得她可能需要你的帮助？"

希娃小姐说："不是这样，我想，至少不全是。告诉我，那可怜的人是不是死了？"

"我想可能是她。目前尸体还没有被鉴定。我觉得也许应该先来问问你……"

希娃小姐点点头："你最好考虑一下这是否是最明智的做法。她给了我自己的地址，并提到她有个房客——史密瑟斯夫人。最好是有一个正规的鉴定来证明她的身份。当然，我愿意去指认这位曾经和我同行过的旅伴。但从警察的角度来看，也许私下做这件事更妥当。我觉得这件事非同小可，弗兰克。我还想了解一些细节。尸体是在哪里发现的？还有这张纸条，在哪里发现的？”

“你给她留下的名字和地址是记在一张从笔记本撕下的纸上的，之后你看到她把它放在哪里了吗？”

“看到了，她打开手提包，把它放进一面小镜子后的口袋里。天哪，它是在哪里被发现的？”

阿博特警探没有回答，而是说：“今天早上，史密瑟斯夫人向当地警局报警。随后他们通知了我们，描述了柯林斯小姐的样貌和穿着，没有一家伦敦医院有过她的就诊记录。也许是关心则乱，史密瑟斯夫人报了警，说柯林斯小姐去见一个不知姓名的朋友，这很可能是她一时兴起做的决定。但不管她去不去，都和史密瑟斯夫人没关系，柯林斯小姐有自己专门的钥匙。布莱克西斯当地的警方显然都认为柯林斯小姐是去短途旅行了。毕竟人们总有这样或那样临时的决定，为这点小事大惊小怪着实有些夸张。不过，今天上午，我们又收到了从莱斯利普寄来的一份报告。”

希娃小姐重复了这个名字：“莱斯利普？”

“在哈罗列车线上。”

“我知道这个地方，弗兰克。天哪，是什么的报告？”

“交通事故。尸体被发现在车道上——一个身穿蓝色套裙，上了年纪的女人——头戴顶破旧的黑帽子，上面装饰了一朵蓝色的花。车轮从上面辗轧了过去——从那女人身上。由于路面霜冻严重，没有发现可参考的轮胎印记。法医鉴定她至少已经死了 12 个小时左右。那条车道本就人迹罕至，估计尸体在那里躺了很长时间。后来一个送报纸的男孩发现了她。他骑着自行车经过，说自己看到尸体后没有碰任何东西，只是从车上摔了下来，走过去看了看就立刻往警察局赶，到达警局时是 7 点半。”说到这里，他停了下来。

希娃小姐停下了手里的活计，说道：“继续说。”

“尸体在车道中间偏左边一点，倾斜度呈对角线状。双臂伸展——非常自然的姿势。帽子掉落在尸体的右侧一码远的位置，手提包紧挨尸体左侧。包里有一块样式朴素的手帕，一根精致的铅笔和一个钱包——塞着张一英镑的钞票，十一个六便士银币，一些铜币，以及一张去莱斯利普的三等座回程票……”

希娃小姐打断弗兰克：“她往哪个方向走了？是去莱斯利普车站还是离开？”

“离开车站。发现她尸体的那条车道距离车站很远。我们说回手提包——内侧口袋里只有一面破碎的镜子，清理现场的警察被碎片划伤了手指，就想着把那些碎片都倒出来，这才发现了夹在其中的纸条。”

一时间，两人都陷入了沉默。希娃小姐又拿起织了一半儿的袜子。

弗兰克·阿博特继续往下说。如果希娃小姐想说什么她会开口。如果她什么都不想说，就无须多等。他了解希娃小姐的习惯。

“在我认出你的笔迹之前，纸条上所有的信息都指向你。兰姆索性打发我来看看你。”

希娃小姐点点头，问：“总督察兰姆身体还好吗？”

弗兰克的脑子里马上就闪现出一个逼真的画面，他的上级愤怒地瞪着一双牛眼看着自己，嘴里发出低吼：“绞死那个女人！如果不是她突然出现在马路中央，米德尔塞克斯至于发生那起车祸吗？噢，是的，如果你愿意可以去看她——不过回来很可能惹上一身骚！”弗兰克很快回过神儿来，对希娃小姐说，兰姆督察身体很好。

“他是个很值得尊敬的人。”希娃小姐说，手速飞快地织着羊毛袜，接着她问道，“那张纸条是从我原先留下地址的那张纸上撕下来的一角，你是怎么想的？”

“原来那张纸有多大？”

“一个小记事本的半张纸那么大，她从手提包里取出来的。”

“你看到她把纸条放在镜子后面的口袋里，那时你有注意到镜子碎了吗？”

“我不确定。至少镜子上半部分是完整的，不过这种小镜子很容易碎——质量都不是太好。那个手提包也不像是新的——肯定不是新的。那是战争爆发前的款式，现在基本上已经买不到了。我认为那面镜子没破损的可能性很小。”

“如果是这样，在取那半张纸的时候，倒是很容易不小心撕下一个角。但这难道不会引起别人的注意吗？”

希娃小姐的缝衣针发出碰撞的声音：“引起谁的注意，弗兰克？”

“为了确保万无一失拿走那张纸的人。他应该会注意到自己手里的纸缺了一角，不是吗？”

“除非他是在晚上把那张纸拿走的。”

弗兰克·阿博特吹了声口哨："你的意思是，在事故之后？"

"是在谋杀之后。"希娃小姐说。

这一次，弗兰克没有吹口哨，冰蓝的眼睛眯了起来，说："谋杀？"

"当然。"

"你为什么会这么想？"

希娃小姐说："你自己不也这么想吗？"

"没有证据我可不会这么想。"

希娃小姐笑道："你应该没有花费大量时间去谈论一起普通交通事故的习惯吧？"

"应该没有。因为是你的笔迹，所以我来找你。而且我们开始谈论案件后，我就能十分确定你有你自己的想法。"

希娃小姐脸上的表情出现了一丝细微的变化，她不是很喜欢弗兰克这么说。

弗兰克·阿博讨好地笑道："你有自己的主意——是不是？"

希娃小姐说："柯林斯小姐在火车车厢里对我讲了很多事情。她说了和她赴约的人的名字，还让我答应她不能把这些事透露给任何人。你也许会觉得奇怪，她为什么要向一个初次见面的人吐露心声，但她无意间说起的另一个名字——她应该不会想到我认出了那个人……"

"你告诉她了？"

"是的。所以在之后的谈话中，她便敞开了心扉——我觉得——毫不保留地告诉了我所有的事情。"

“她提到名字是谁？”

希娃小姐娓娓道来：“她说自己抚养了一个女孩儿。那女孩儿15岁时，她的父亲去世了，之后她就被当作私生子由一个家族里的亲戚接走了。事情发生在10或11年前。柯林斯小姐说起这件事的时候，乔伊斯这个姓氏也被不小心带了出来，她口中的那个女孩儿名为安尼。”

弗兰克·阿博特的脸色变了。

希娃小姐接着说：“看来这个名字对你我都有不言而喻的意义——安尼·乔伊斯。柯林斯小姐没有连名带姓地一起说出来。她先提起乔伊斯先生，后来又说到那女孩儿的名字是安尼。她独居生活惯了，好不容易遇到一个聊天对象，使得她兴奋异常——她对报纸上登载的一则新闻非常感兴趣，热切地期待着下午四点的约见。所以当她知道我认出了安尼·乔伊斯，就把一切都告诉了我。”

“她说了什么？”

希娃小姐停顿了片刻，接着说道：“和其他人一样，她已经看了那则新闻。很显然，她意识到乔斯林夫人的回国意味着三年半前安尼·乔伊斯的遇难。我觉得她可能有些生气，毕竟她已经将近十年没有见过那个女孩了，心情错综复杂。柯林斯小姐生活单调乏味。之前和她住在一起，与她互相解闷儿的姐姐去世了，她的房客又总是和她絮叨自己家的琐事。柯林斯小姐于是尝试着给乔斯林夫人写信，要求见面，虽然表面上是为了亲耳听到安尼死亡的相关事宜，但实际上，我认为，她只是想蹭头条新闻的热度，引起别人的注意。”希娃小姐顿了顿，“我相信她从来没有想过要敲诈。”

弗兰克·阿博特说：“敲诈？希娃小姐！”

“我告诉过你，这可能是一起非常严重的案件。”

弗兰克双手交叉，放在脑后。“严重？”他说，“上帝啊——接着说。”

希娃小姐对他的语气皱了皱眉。她对年轻人向来亲切宽容，但由于早年担任过家庭教师的经历，使她觉得自己应该对这些年轻人的举止礼仪负责。

“我已经挑明了我的想法，可怜的柯林斯小姐不会设计这种圈套，但很有可能被其他人误会了。”

“是谁？”

“不知道叫什么。柯林斯小姐告诉我，她写信给乔斯林夫人，我想应该是寄去了乔斯林庄园，但她没有收到任何回信。相反，一位绅士给她回了电话。他没有自报家门，只说是代替乔斯林夫人与她联系。柯林斯小姐觉得那人是菲利普爵士。她对这个猜测深信不疑，高兴得有些飘飘然了，因为她从来没有和一位男性爵士通过电话。我告诉你这些，是因为希望你能注意到她当时的情绪——非常天真、兴奋又激动。

“菲利普·乔斯林——是吗？”弗兰克的表情有些犹疑。

希娃小姐手里的编织针发出碰撞的声响，说：“是他，我亲爱的弗兰克。但从另一方面说……我认为我们应该保留我们的判断。”

弗兰克点点头说："好的。有个男人打电话给柯林斯小姐，说了什么？"

"他问她有没有告诉过其他人她写的那封关于安尼·乔伊斯的信。她回答说没有。接着他和她约定好，昨天下午3点45分，在沃特卢时钟下和乔斯林夫人见面。柯林斯小姐还须左手拿一张报纸，以便相认。正是在这一点上，柯林斯小姐犯了一个非常可悲的错误。她告诉那个人，不管乔斯林夫人和安尼长得多像，她都能一眼分辨出来。也许相似的五官会给她造成一些干扰，但她绝对不会因此迷失自己的判断。她的原话不是这样的，是我大致总结了一下。在她说起报纸上登载的乔斯林夫人的照片时，男人问她能不能看出照片和安尼的区别。柯林斯小姐回答说看照片很难判断，但如果见到真人，她就能一眼认出两个人的区别。男人问：'怎么认？'她说：'这个嘛，我就是能认出来。'听到她这么说，我感到有些不安。虽然我不该多管闲事，但柯林斯小姐用这种口气是极不明智的。就算她本人没什么想法，但这种容易让人误会的话，说者无意听者有心。我问她，她为什么能如此确信自己能分得清安尼·乔伊斯和乔斯林夫人的区别——比方说，那两个人之间是不是有什么容易区分的明显标记？在我看来，乔斯林家族并没有非常确信安妮·乔斯林真的回来了，在这种状况下，柯林斯小姐掌握的一些情报可能是至关重要的。"

"你对她说了你的看法？"

"是的，弗兰克。听了我的话后，她变得异常兴奋。恐怕，这可怜的人会因为自己突然能左右一个大家族的人感到受宠若惊。”

“她说了什么？”

“我尽量给你回忆她的原话。她说：‘我对他说我是最合适的人选。“你不能卷我入局，”我说，“除非情势所逼。”’然后电话那头的绅士愉悦地笑了，夸她很积极。她便回答自己当然积极，但没有告诉他原因。接着她对我说：‘只有当你把一个孩子从5岁起拉扯大，给她洗澡穿衣，做了所有的事后，你才会想知道有关她的所有事情。’我不知道她还想说些什么，那个时候火车刚好到站，很多人挤了进来。我们没办法再谈论这些私密的事情了，等到了车站，她站在月台邀请我下次去她在布莱克西斯的店铺看她，我顺便也留下我的名字和地址。”

弗兰克·阿博特敏锐地看着她，问：“嗯——你为什么要这样做？”

希娃小姐把手放在编织到一半的袜子上，说：“我觉得她的做法有些冒失，有些担心她可能会被人误解。我觉得她可能会遇上困难，看上去她身边又没有可靠的值得信赖的人——如果可以，也许我能帮得到她。我当时就是这么想的。弗兰克，也许当时脑子里的想法没有现在这么明确。事件发生时逃避总不是办法。”

弗兰克听后沉默了很久，接着开口道：“如此说来——内莉·柯林斯她有——或假装她有一些关于安尼·乔伊斯的私密情报。如果安尼·乔伊斯死了，这些情报不会引起任何人的兴趣——除非乔斯林家族的人还对这件事抱有怀疑，不确定是不是真的乔斯林夫人活了下来。在这种情况下，如果能得到那些私密情报，他们会很高兴，并感谢内莉，所以他们不具备杀人动机。从别的角度来看，如果是安尼·乔伊斯活了下来，而真正的乔斯林夫人早在三年半前就去世了，毕竟她的墓碑还立在乔斯林庄园，那么这个冒名顶替她的女人就有很大的嫌疑——不是吗？她本来可以得到一大笔财产，随着内莉的出现她也许会一无所有。她和内莉·柯林斯一起生活过，‘我给她洗澡穿衣，有关她的所有事情，我都知道，不应该吗？’你不觉得她的动机很明显吗？”

希娃小姐说：“不觉得。”

“不过打电话的是个男人……”

“是的——代替乔斯林夫人打的电话。”

“你确定内莉·柯林斯是这么说的吗？”

“我非常确定，弗兰克。”

弗兰克推开椅子，直起身说：“这下真是难办了，乔斯林夫人有个很完美的不在场证明。”

第二十章
讯问

扫码听本章节
英文原版朗读音频

安妮·乔斯林打开了公寓的大门。两个正在等她的男人看了过来，她有些惊讶。一个是中年男子，严谨魁梧得像根教堂里的大理石支柱；另一个是个优雅的年轻人，举止闲适，像是在自己家的客厅里一样。

总督察兰姆做了自我介绍，然后简要地介绍了他的搭档——探员阿博特，接着他用略带乡下口音的话说："请允许我们问您一些问题，乔斯林夫人。"

兰姆督察他们来时天完全黑了。公寓的门厅被半敞着门的客厅里的灯光照亮。如果她现在转身，那他们便能清晰地看到她全部曝光在灯光下的脸。但她必须转身，不然他们会觉得她在害怕。害怕——这一个词如何能表达出她此时万念俱灰的心情？她迫使自己的身体听命于她的意志，她做到了。她走向那扇半开的门的过程中，身体停顿了好几次。

兰姆督察和弗兰克走进了一个氛围不错的客厅。天花板上的球形玻璃灯闪闪发亮。厚重的玻璃窗上雕刻着飞鸟啄食水果的图案，蜂蜜色的窗帘垂感十足，整个房间都充满了暖意。

乔斯林夫人身穿一件蓝色的裙子，脖颈处有串夺人目光的珍珠项链。她说："你们想见我……"接着便不做声了。

她不善于伪装。只要不是傻瓜任何人都能看得出她在害怕，何况这两个人都不笨。尤其是那位年长的警官，长了一张警察标配的阴沉的脸。安妮做了个小手势，想缓和一下尴尬的气氛，老兰姆却觉得自己在被她瞧不起。

"这么说也许会让你们觉得我有点傻——但你们真的吓到我了。你们知道的，我在法国被压迫奴役了三年多，意味着那三年半里我成天看着德国纳粹警察招摇过市，生活得很艰难……"安妮再次住了口，然后微笑道，"我总是神经紧绷容易犯怵。你们想知道什么？坐下聊吧？"

他们坐了下来，柔柔的灯光把这三个人笼罩在一起。弗兰克·阿博特仔细端详着她。美艳的女人——有点紧张——能很快掩饰自己的情绪，举止言谈又十分真诚。德国纳粹警察的确能在一个被侵略的国家里使姑娘们神经脆弱。

兰姆打破了沉默，说："很抱歉让你受到了惊吓。我们正在调查一个案件，希望你能给提供一些帮助。"

"案件？当然可以——但我不知道……"

总督察兰姆像是没听到她的话。他的眼睛，一双只有资深警察才能拥有的宛如公牛般倔强的眼睛，不带一丝情绪地看着她，仿佛眼前的人是一把椅子或一个沙发。他不会欣赏安妮的年轻、美丽和迷人。他面无表情地看着她，用冷冰冰的语气说："是一起交通事故。死者被认定为——布莱克西斯的'淑女的针线盒'手工店店主内莉·柯林斯小姐。你认识她吗？"

弗兰克·阿博特看到乔斯林夫人的脸颊渐渐失去了血色。她原本在双颊上涂抹的腮红和唇上欲滴的大红唇膏，此刻仿佛都失去了它们原本的作用，甚至连遮掩都做不到了。安妮的这些变化被弗兰克捕捉到之前，他先看到她喉咙的肌肉猛地收紧了。那些收紧的肌肉帮助安妮至少能平稳地吐出她要回答的一个字："不。"

"你不认识柯林斯小姐？"

"是。"

"从来没有听说过她吗？"

弗兰克·阿博特飞快地扫了眼安妮·乔斯林那双放在膝盖上的手，手最能泄露一个人的内心。弗兰克通过很多女人的手，来分析从她们脸上看不到的情绪。但是安妮·乔斯林的手却什么都没透露。两只手既没交叉紧握，也没有紧紧攥成拳头。它们安然自若地放在她的膝上——显然被它们的主人控制得很好。直到她开口，它们还是一动不动："不是——她写过信给我。"

兰姆督察宛如个影子般端坐在一旁。他把自己的圆礼帽放在门厅的一个大箱子上，大衣扣子敞开却没有脱掉。他的眼睛一直没有离开安妮的脸，脸上依旧面无表情。若此刻给他拍张照片——

那出来的成品肯定是那种全家福里眼神空洞、别别扭扭的父亲的样子。他问："能告诉我她为什么要这样做吗？"

"她想见我。"

"她想见你的原因是什么，乔斯林夫人？"

安妮用力深深吸了一口气。她用这个方式来驱散内心受到的惊吓。脸色稍稍恢复了一些，说："不好意思——失礼了——你有点吓着我了。这件事很简单，你应该在报纸上看到了那则新闻，我的家人以为我已经死了——其实是别人被当成我下了葬——一个名为安尼·乔伊斯的女人。她是家族里的私生女——事实上，她也是我的表妹——我们长得很像。柯林斯小姐在安尼还是小女孩儿时就认识她了。她来信说自己很喜欢安尼，问我能不能过来看看我。她想了解有关安尼所有的事。"

"我知道了。你怎么回复她的？"

"这个……我并没有写回信。"

"你没有写回信？"

"没有。它才寄过来没几天，我一直在忙搬家的事情——我们是才刚搬进这个公寓的。"

"你什么时候搬家的，乔斯林夫人？

"昨天。"

"昨天？你从……"

"乔斯林庄园——在萨里郡。我的丈夫在陆军部工作，上下班来回太费时间了。"

"昨天……"兰姆重复道，"那么你昨天下午在哪里？"

“昨天早上我在乔斯林庄园照看行李搬运，午饭后我也动身了，3 点左右到达的公寓。休息了片刻，整个下午和晚上都一直在整理行李。”

“还有谁和你一起？”

“我带着一名乔斯林庄园的女佣。但我没让她留在这里，毕竟她是个年轻的乡村女孩，但她昨天帮我整理东西一直到晚上。今天下午我送她回去了。”

“可以告诉我她的名字和住址吗？”

“艾薇·福赛特，住在乔斯林庄园。”

弗兰克·阿博特一直在旁边做笔记。他写下艾薇·福赛特的名字，接着继续问道：“你到达公寓之后有离开过吗？——你刚说你什么时候到达的公寓？”

“2 点 50 左右，之后我就没有再出去过。”

“你没有去沃特卢车站跟柯林斯小姐见面吗？”

“当然没有——我没有去见她。我根本没出去过。”

“除了艾薇·福赛特之外，还有谁能证明这一点吗？”

安妮·乔斯林的脸色有些难看。她不解地说：“我不明白你是什么意思。我的弟媳莉拉·乔斯林夫人在四点前就过来了。她一直在茶室里帮我收拾行李。”

“她待了多久？”

“一直待到七点前。”

“可以告诉我她的住址吗？”阿博特把地址记了下来。

安妮·乔斯林突然摆了摆手，问：“你们为什么要问我这些问题？我出没出门有什么关系吗？我没有和柯林斯小姐有过什么约定。不过就算有，那又有什么问题吗？”

兰姆看着她说：“柯林斯小姐原本的行程，是昨天下午 3 点 45 分在沃特卢车站的时钟下和你见面。”

“但这根本不可能……”

“她是从布莱克西斯赶来赴约的，乔斯林夫人。”

“我没有去。我一直在这儿——在这栋公寓里整理行李。我甚至从来没有给她写过信。她怎么可能和我有约？”

“除了书信，当然还有其他方式可以互相联系，用电话也可以，乔斯林夫人。柯林斯小姐把她的电话号码写在信的最前面，不是吗？”

“我不知道——也许她是写了——我还真没有注意过。”

“我可以看那封信吗？”

“这个——我当时很害怕，所以就没留下它。”

兰姆依然冷着脸，说：“你没有留着它，而且你也没有回信——是不是？”

她做了个手势，轻柔、优雅，稍稍有些异邦意味，说：“怎么说呢，她有一个商店。我还记得名字——等会儿写给你。说实话，我不知道要不要给她回信。关于安尼的事，我确实没有什么可以告诉她的。乔伊斯家族的人都……令人厌恶。所以，我觉得柯林斯小姐也许是感情用事了。毕竟我们总是收到那些根本不认识我们的人寄来的信。”

“所以你毁了信。还记得信的内容吗？”

“应该还记得。那封信冗长烦琐——基本上都是她是多么喜欢安尼，可否过来看看我，因为她想知道安尼是怎么死的——就是这些内容。”

“信里有没有提到安尼·乔伊斯的什么私密情报？”

“我不明白你的意思。”

“信中有没有透露寄信人有办法能直接辨认出安尼·乔伊斯？”

安妮抬起目光，与弗兰克对视片刻后，眉头纠结在了一起：“没有——当然没有了。你到底是什么意思！她怎么去辨认安尼·乔伊斯？她已经死了。”

兰姆说：“你的意思是安尼·乔伊斯已经死了吗？还是，你是说内莉·柯林斯，那个也许能辨认出安尼的女人已经死了？”

安妮的呼吸有些急促：“你为什么要这么说？”

“因为我想知道你话里的意思，乔斯林夫人。”

安妮用比之前的声音低沉得多的嗓音说道：“是安尼·乔伊斯已经死了。”

兰姆严肃地说：“内莉·柯林斯也死了。”

第二十一章
推论

扫码听本章节
英文原版朗读音频

“都和你说过她有一个很完美的不在场证明了吧。”弗兰克·阿博特靠在椅子上，等着希娃小姐的回应。她已经开始为约翰尼织第二双袜子，并且基本上织出了袜尖的雏形。希娃小姐摆弄着编织针，面无表情地回答说：“你自然会急于向我证明你是对的。”

他摊开双手，笑着说：“我尊敬的老师！”

希娃小姐微微一笑，抿着的嘴唇放松了些力度：“废话少说，弗兰克。告诉我乔斯林夫人的事。应该会很有趣。”

“好吧，我们从公寓离开的时候，督察问我对她有什么看法。他总是这样，问了别人之后，自己的想法却什么都不说。他可能是觉得说多了都是废话，总之一句话都不说——总绷着张扑克脸，然后下次还这样做。所以我就知道了，他脸拉得越长，证明他对你的想法越感兴趣——俗话说表面越冷酷，内心越火热嘛。我听说，在警局，上司深知部下如果自满于自己的成绩是很危险的事情，所以宁愿扮黑脸让他们自卑沮丧。”

希娃小姐说：“天哪，那你对乔斯林夫人有什么看法？”

“啊——现在想来倒是很有意思，我想督察也是这么想的。她亲自给我们开的门，如果我们真是口袋里装着死亡执行命令书的德国纳粹秘密警察，她肯定会立即昏过去的。”

希娃小姐又说：“毕竟她在被殖民的法国生活了三年多。”

“是的，这件事她就提了好几次，然后硬着头皮强装镇定，解释说我们吓得她够呛，招待我们去了客厅。当督察表明我们是为了死去的内莉·柯林斯小姐来了解些情况的时候，她差点没晕过去。我还从来没有见过任何人，顶着即将晕倒的压力强行使自己镇定下来的。而她之所以努力调整自己的情绪，唯一的原因就是她不会让自己晕倒。这样做可不轻松——她浑身紧绷得像根一拉就断的弹簧。但真正让我好奇的是，既然她的身心已经处于一个极度高压的状态下，说话时的声音也有些不正常了，但一直放在膝盖上的手却十分自然。这太奇怪了，你不觉得吗？能有这么强大的控制力，又是为什么？明明刚见到我们时害怕得要命，但很快就能恢复镇定。督察告诉她内莉·柯林斯已经死了的时候，她受到的打击可不小。我确定她事先肯定不知道这件事，应该对她是个很大的打击。为什么？她在听到内莉·柯林斯已经死亡之前就很害怕——可以说是极其恐惧。知道内莉已经死了之后更是震惊到几乎昏厥。我想知道为什么她会有这么大的反应。如果她心里没有任何罪恶感，那她为什么在刚见到我们时会那么害怕？如果她有，那又是为什么会因为内莉的死而无比震惊？内莉·柯林斯对她来说不过是一个连面都没见过的陌生人。从她如此反常的表现来看，内莉·柯林斯是她的什么人？她和内莉·柯林斯有什么不为人知的关系？”

希娃小姐沉静地看着弗兰克，说：“安尼·乔伊斯能受到这么大的打击，很可能有两个原因：第一是内心的解脱，有时这种情绪会有很强烈的反应；第二是伤感——她也许对内莉·柯林斯有真的情感。”

弗兰克不解道：“安尼·乔伊斯……”

希娃小姐手里的编织针发出碰撞的声音，说：“是啊，我亲爱的弗兰克。在内莉·柯林斯的事情反常过头就已经表明了，是安尼·乔伊斯活了下来，而不是安妮·乔斯林。乔斯林夫人没有理由去顾忌柯林斯小姐知道鉴证身份的方法。而假扮乔斯林夫人的安尼·乔伊斯，完全有理由害怕。内莉·柯林斯的交通事故完全不会对真正的乔斯林夫人造成任何打击。这种消息对她来说，不会比其他新闻更平常了。交通事故每天都在发生，最多就是在看到这些新闻后对死者表达些许同情。我们都会唏嘘道：‘真令人难过。’说完就如过往云烟，什么都不记得了。既然内莉·柯林斯的死能给她造成如此严重的打击，我不得不做出这样的结论：只有安尼·乔伊斯才会有这么大的反应。”

弗兰克热烈地看着希娃小姐。他们的忘年之交能如此亲密，就是因为彼此互相欣赏，还能在关键时刻发现对方遗漏的思路。

在她面前，所有的线索都清晰明朗起来，推理也越来越顺。弗兰克开口道：“如果是这样，我觉得应该不是第二个理由。安尼·乔伊斯肯定不会因为对内莉·柯林斯的感情而受到打击。因为根本没有一点这方面的表现——听我再接着跟你说。督察谈论内莉的死亡情况时，乔斯林夫人的答复中没有夹杂一丝情感。当然，如果她是安尼·乔伊斯的话，她肯定不想在我们面前表现出任何异常。当然，只要有一丝不对劲的地方，我绝对能发现。我所看到的——好吧，这很难用语言表达，是一种漠不关心，无所谓的态度——对内莉·柯林斯的冷淡，包括她的死亡所带来的打击。虽然我解释不清楚原因，但的确是这样——我可以发誓。”

希娃小姐轻轻点了点头。“是啊——这真是非常有趣。”她说，“假设乔斯林夫人就是安尼·乔伊斯，逻辑上这个假设是成立的，那她觉得自己会受到内莉·柯林斯的威胁。之前就告诉过你，我担心可怜的内莉会被误解。她曾与自称代替乔斯林夫人的无名男子通过电话，他也许误解了内莉，以为她要敲诈。没有什么比敲诈一个有经验的罪犯更危险的事情了。我很肯定，柯林斯小姐没有这方面的想法，但我担心她留给别人的印象是——不能让她继续活着。我提醒你把侦查重点放在那个男人身上。他显然知道柯林斯小姐写给乔斯林夫人的信——安尼·乔伊斯应该给他看了。也许这就解释了她的反常举动。我们还假设她是安尼·乔伊斯，警察的拜访无疑是件大事，尤其是在知道内莉·柯林斯被谋杀之后——在这种情况下，毫无疑问那就是谋杀——她受到很大的打击十分正常。事实上，她很有可能不清楚到底发生了什么事情。

她可能以为会用其他方法阻止内莉·柯林斯——过来看她，让她一无所获，再不聒噪。但安尼·乔伊斯没想到自己竟然卷入了一起谋杀案，所以举止言谈都怪异反常。”

弗兰克点点头，说：“是的，可能就是这样。可以说，我们知道了她没有亲眼目睹内莉被杀死。”

希娃小姐抿起嘴唇说道：“这个比喻很不好，弗兰克。”

“抱歉——但你知道我的意思。乔斯林庄园的那个女仆，叫艾薇什么什么的，她说自己和乔斯林夫人一起来的城里，她们没有出门，自己也是一直陪在夫人身边，就算离开也是一两分钟就会回来。差不多晚上 11 点的样子，她们就都睡觉了。公寓里的所有门都被打开了，她们在房间里来回穿梭，整理搬运过来的行李。佩里·乔斯林的夫人在 4 点前来的，于是她们 3 个人开始整理。佩里·乔斯林的夫人一直待到了 7 点，那时乔斯林夫人在厨房开始准备晚餐。艾薇说她是个可爱的厨师，但我觉得她这么想有些不合身份。菲利普爵士 7 点半回的家。晚餐后他在书房工作，艾薇和乔斯林夫人继续整理东西。佩里·乔斯林的夫人证实——她 4 点到 7 点间一直待在那里。她和艾薇都能证明乔斯林夫人从未离开过公寓。那么，就参与犯罪而言，乔斯林夫人没有嫌疑。从下午到晚上，直到 3 个人上床睡觉，她都有不在场证明。法医鉴定内莉·柯林斯在那之前就已经遇害了。乔斯林夫人——或者应该按你说的——安尼·乔伊斯，不是本案的主要犯罪嫌疑人。当然，接下来就简单了——主要犯罪嫌疑人，毫无疑问是与柯林斯小姐通过电话性格开朗的绅士。我们必须得找到他。”

希娃小姐的小眼睛里闪着幽默的光，看向弗兰克："难不成你还想去找一根缝衣针或是一捆稻草？"

他笑道："我要找一堆稻草体验丰收的快乐！督察让我追踪所有我已经找到的线索。到目前为止，我们要继续讲的是，第一，柯林斯小姐提到过一位性格开朗的绅士，她认为那人有可能是菲利普·乔斯林，其实他并不是。你和她交谈过，我没有。我的意思是，你觉得她会知道对方是不是个绅士吗？"

"我认为她知道。"

"这会是一条线索——一个有教养的杀人凶手，打电话时还彬彬有礼。其次——我们都知道——他对莱斯利普的周边环境了如指掌。我认为发现尸体的那条车道不是第一案发现场，她应该是死后也被移动过去的。那条车道人迹罕至也许根本不会有人发现。然后你再看看这个。"

弗兰克拿出那张希娃小姐写下名字和地址的纸的一角。纸条上的字母被弄得脏兮兮地难以辨认。

希娃小姐看到了纸条上的污渍。"这张纸条弄得我挺糟心的，"她说，"到底是怎么回事？"

"我认为是凶手故意弄成这样的。很可能是潮湿的手帕留下的痕迹，毕竟上面没有任何指纹。之前我俩都觉得是手提包里的镜子碎片无意间割破了这张纸，但现在我不这样想了——我们要仔细思考思考这其中的猫腻。说实话，我确定这肯定是凶手故意的。莱斯利普有条街叫坎宁安，奥利芙小姐就住在那条街上的一栋名为'苏瓦松'的公寓里。现在你明白了为什么会有人把纸条上你写的公寓地址涂抹掉了吧？当地警察对这方面非常敏感，看到纸条后第一个想到就是奥利芙小姐，她是个声望极高的老姑娘，若是让她去辨认尸体，或者参加案件的侦破，可能会给她带去不小的麻烦。这位可怜的女士用哆哆嗦嗦的声音向我保证，她一生中从未听说过内莉·柯林斯。我相信她说的话，但如果我没有认出你的笔迹，你也没有认出这张纸条的话，我们肯定得走不少弯路。可怜的奥利芙小姐还会因此受到警方的讯问。”

希娃小姐说：“没错儿。可见这个操控全局的人很聪明，弗兰克。”

弗兰克点点头，说：“是啊，电话里那个礼仪周全的绅士，对莱斯利普的近况真是了如指掌。当然，他完全有可能是在一摞电话本中，查找莱斯利普所有人的住址，直到找到一个和你的住址名称相近的地方。但我不这么认为，第一，这样做耗时太长；第二，电话本上的地址不一定都准确。我想他当时只是随便想了想，奥利芙小姐就出现在他脑子里，可以说是不假思索就想到了她。”

希娃小姐赞同他的看法。弗兰克接着说：“教养和莱斯利普——这两者都不是轻易能够掌握的东西，还有乔斯林夫人。这些看似没有任何关联的事物背后一定有不为人知的联系，只要我们能找到它。”

希娃小姐说：“我想，这必定与安尼·乔伊斯有关系。”

弗兰克摸了摸他那柔顺发亮的短发，说：“她十年前就离开了英国，此后所有的档案都只能去已经被殖民的法国调取。真是要了命了！”

第二十二章
试探

扫码听本章节
英文原版朗读音频

第二天，琳德尔去拜访安妮·乔斯林。她没办法逃避，也没办法在与安妮不怎么熟络的莉拉都过来帮她搬家的情况下，自己还默不做声。即使没有什么能帮忙的，作为安妮结婚时的伴娘，她也得去看看她。她的脚蛮不情愿地支撑着自己的身体，如若不是情非得已，她现在甚至会立即转身回去。不，这不对，她不会任凭自己听取内心这种邪恶的想法。但她双脚磨磨蹭蹭地一拖再拖，她的心犹豫不定。

街上很冷，天空乌云密布，仿佛随时都能飘些雪花下来。不羁的寒风席卷着街上的每个角落，刺痛了她的脸、她的膝盖、她裹着薄丝袜的双腿，还试图吹落她头顶的帽子。她在路上没花多少时间，但到达滕特登花园的时候，已经累极了。

走进安妮那透着暖阳柔光的客厅本应该感到身心愉悦，但琳德尔的心仿佛又回到了寒冷的街道上。安妮笑着出来迎接她，两个人互相拥抱亲吻。是了，安妮的脸颊冰冷，琳德尔亲吻它的嘴唇也是冷的。她吻她时，觉得浑身一阵疼痛。那一刻，她内心对安妮的感情真挚而又珍贵，即便其中也掺杂着痛苦。突然间，她嘴唇轻轻触碰的那个地方什么都没有了，好像从来不曾出现一样空空如也。她不知道自己缩回脖子时脸色有多么苍白，也不知道当看到安妮询问的目光时自己的表情有多么惊讶。

“怎么了，琳恩？你看起来冻坏了。快进来暖和暖和。茶已经准备好了，我这就拿水壶过来泡。”

安妮回来时，琳德尔已经脱掉了手套。她俯在壁炉边，双手放在火焰的上方取暖。琳德尔的意识有些恍惚。舒适的房间、温暖的室温、插在浮雕装饰玻璃瓶里的鲜花、熟悉的茶点——安妮王后时期的银制花边茶杯，杯子边缘处还点缀着金色和苹果绿——安妮的蓝色裙子和珍珠项链，还有手指上的那颗蓝宝石戒指——仿佛一切恍然隔世。岁月没有从她身上带走任何东西。

她慢慢地从炉火旁转过身来，喝了一杯安妮递给她的茶，切了一小块儿蛋糕。与此同时，刚刚不安的感觉消失了，她的身子暖和起来。琳德尔坐在房间的壁炉前，安妮给她倒了第二杯茶。就像从噩梦中醒来，但她几乎无法相信自己的解脱。她呷了口茶，听安妮告诉自己他们是如何在最短的时间里安顿下来的。

琳德尔决定等一下就问出自己心中的疑问。她不确定能不能说出口，但她知道这话必须得说出来。因为如果不说，那她就得总想着那件事，不说出来的话会一直憋在心里——久而久之会限制人的思想，会使人一蹶不振的。想到这儿，琳德尔把杯子放在银制茶托上，开门见山道：“你的头发是去哪里烫的，安妮？”

安妮·乔斯林看上去稍微有些惊讶。她说：“我回来时在威斯特海温烫过一次波浪卷。我以为我告诉过你。那家店做得也不是不好，当然我不应该总是烫头，毕竟这样会破坏头发原本的自然卷。我的头发是自然卷，但现在已经不是很明显了，我不想我的头发总是一团糟。”

琳德尔放下手里的杯子，但她的手指却落在茶托的边缘处，摩挲着上面的雕刻图案。

“可是你进城去哪儿了？”

“怎么了？你有什么好的发型师推荐给我吗？”

“没有——我只是想知道。你知道一个叫Félise的理发店吗？”

好了——她说出来了！万事开头难，只要勇敢地迈出第一步。琳德尔没有看向安妮，她低着头盯着银制茶托的一边。有滴茶渍就落在那里，已经凝固了。那茶渍从滴落到凝固花了些时间，所以琳德尔以为时间似乎静止了的想法是不对的，茶水滴落在茶托上，又慢慢凝固，使得光洁的茶托表面上出现了一个小小的棕色污点。

安妮说：“我不知道——好像之前见过这个名字。怎么了？”

“我上周三碰巧路过那里，我以为我看见你进去了。”

“是吗？我也许是进去过——我也不知道。我逛遍了这些店铺，到现在我还没买到令我满意的粉底和口红，还有其他的一些东西。能买到合适自己的化妆品真难——不是吗？”

琳德尔抬起眼睛，里面满是浓雾，一点都不清澈，但是给安妮·乔斯林看出了些指责的意味：“安妮，我必须告诉你——我想我必须……”

安妮扬起了她精致的弓形眉毛，甜甜地问：“告诉我什么，亲爱的？”

装出的那副甜腻的笑容令人作呕，过后又遗留下些许苦涩，安妮有些生气了。但琳德尔没有移开目光，她忍不住了，像是被什么莫名的力量驱使着，说：“我以为是你进了店，就打算进去追你。我不想让你觉得我明明看见了你却不和你打招呼，所以就走进了商店。”

安妮看着她，明亮的眼睛里满是愤怒：“我想我们遇见了，还聊了很久——你是在做梦吗？”

“没有——你不在店里。”

“真是令人惊讶！”

“我径直穿过商店，那里还有两个女人。营业员在柜台后面的架子上找东西。没有人理会我。我想你可能是在里面小隔间里，所以我进去了。走廊的尽头还有一扇门，不知道为什么我打开了它。里面是一条有楼梯的昏暗通道，和其他一些门。其中一扇门里透出点光亮——它没有关严。我听你说：‘你不妨让我给内莉·柯林斯回信，她的威胁性很大。’接着一个男人说：‘这还轮不到你来说。’我马上转身跑回了商店。”

安妮的脸色暗淡无光。琳德尔应该移开目光的，但她不能这样做。安妮的眼睛紧紧地盯着琳德尔——轻蔑地，对刚刚听到的事情完全不屑一顾——看着她仿佛看着一个愚蠢得不值一提的东西。

“说真的？琳恩！这故事编得太好了！你指望我会相信吗？”

琳德尔一言不发，但目光既坚定又悲伤。

安妮冷笑道：“你继续说，肯定还有别的事情——另一个惊心动魄的故事！那之后又发生了什么？”

“我回家了。”

“这结局也太扫兴了。”

“我说了我不确定是不是你，而且我从来没有听说过什么内莉·柯林斯。”

“内莉·柯林斯？”

“是的。我在理发店里听到了这个陌生的名字，但是这个名字今天被登上了报纸——因为她死了。你知道她死了吗？”

“琳恩——你什么意思？”

“报纸上说，她周一下午 3 点 45 分要在沃特卢车站的时钟下见一个人。文章还描述了她的样子，警察希望任何人能提供一些关于她的线索，或注意到她和什么人见过面的信息。第二天的凌晨，她的尸体被发现在莱斯利普附近的一个车道上，警察想知道她是怎么到的那儿，因为那不是她回家的正确路线。她的家在布莱克西斯。她过来是希望能见到你——是不是？”

安妮的脸像门闩一样紧绷而坚硬，她说：“你胡说什么——

报纸上可不是这么说的。我怎么可能见她呢？我一直和莉拉在一起。”

“是的，你一直和莉拉待在这儿，但她希望能和你见面。知道吗，我遇到了一个和内莉·柯林斯一起坐火车从布莱克西斯过来的人。她们一起聊天，内莉还告诉她自己打算去见你。那个人是珍妮丝·奥尔巴尼的朋友。我是在周一下午的茶会上遇见的她，她问我住在哪儿，当我一提到莉拉的名字时，她便有些惊讶了，因为就在她刚刚乘坐的火车上，与她一同乘坐的内莉·柯林斯小姐就要去见乔斯林夫人，她问莉拉是不是与那位乔斯林夫人有什么关系？我回答是的，但我说这之间肯定有一些误会，因为你正在搬家，莉拉也在帮忙，所以我也不知道你如何去沃特卢见内莉·柯林斯。但那人说：‘柯林斯小姐要在3点45分左右在沃特卢车站的时钟下和乔斯林夫人见面。’”

安妮的脸依旧紧绷着，但嘴角却扯出一丝微笑。她嘴唇上的口红颜色鲜亮，像是愤怒燃烧的熊熊烈火，那笑容令琳德尔感到自己受到了轻视。她说：“这是什么废话？你说这些到底什么意思？”

“我不知道。”琳德尔说了自己打算说的话，她有些害怕。事情往往会在人说出来之后变得更糟——覆水难收。她原以为自己能摆脱这件事。不，她没有——没有把握。她既恐惧又执着地希望安妮会说或做些什么，能使一切都恢复正常。但她没想到安妮也会说或做些什么使自己的希望一点点破灭。

安妮把椅子往后一推，站了起来。她静静地走到壁炉前，跪下来，不慌不忙地往里添了两块儿煤炭。然后，她没有起身，直接转身对琳德尔说："你说你不知道，那我也不知道。所以事情难办了——不是吗？我不知道该说什么了。我们最近暴露在公众面前的次数太多了——没想到你又给我们带来更多的麻烦。你说你喜欢我，而且……"她微微一笑，"任何人都看得出你也喜欢菲利普。我可以问问，你为什么要编造一个对我们没有任何好处的故事呢？我真的很想知道。"

琳德尔也转过身，她越过安妮的肩膀，看着壁炉里跳跃的火苗。安妮的眼神里暗含着一些说不清道不明的情绪——就像那火苗一样，炽热，明亮，野性。琳德尔说："我没有编造任何故事，除了你，我没有向任何人提过此事。"

"是吗，那真棒。毕竟，你知道的，这种无聊的故事会给菲利普的声誉造成很大的影响。我坦白和你说吧，我和菲利普的名字近期不能再出现在报纸上了。菲利普野心很大——我希望你能明白这一点。他现在在工作上正处于上升期，错误舆论导向会给他带去很大的伤害。我信任我们的友情，而且你不是那种小题大做的人，我告诉你我知道的一切。内莉·柯林斯认识乔伊斯家族的人——我想他们应该是住在一起的。貌似是一周还是十天前，我收到一封她寄来的信。她从报纸上的新闻得知安尼·乔伊斯已经死了，她便问我能不能来看看我，因为她想知道有关于安尼弥留时的事情。我很反感这些做派，又忙着搬家的各项事宜，所以我没来得及回复她。我甚至不知道究竟发生了什么事。警察找到我说想看看那封信，但已经找不到了。"

“警察……”

安妮平息了心中的怒火，坦率地看着琳德尔说：“是的。柯林斯小姐死前貌似提到过要来见我。我只能说，那是她的一厢情愿。至于她为什么会去莱斯利普，又为什么会发生车祸，我真的一无所知。而你在理发店偷听到她名字的事——真的，亲爱的，如果你不介意我这样说，这听起来真的一派胡言。柯林斯是个很常见的姓氏，你能在其他任何地方听到——也许你是在你的发型师那里听说的。但不要把这无稽之谈强加到在我身上——是吧，琳恩，你发誓你见过我吗？”

“不，我不确定——我以为那是你的声音……”

安妮说：“因为你以为是我进去那家店了？”

“也许吧。”

安妮和气地笑着说：“好吧，亲爱的，看样子你也不是很确定你说的这个故事，是不是？如果我是你，我干脆不会提起。请原谅我的说辞，你很难从自己的想象里走出来。我知道你不是故意的，但架不住别人不会这么想……”她伸出了一只手，“不，这想想都令人害怕。说实话，琳恩，我不想让菲利普陷入更多的麻烦了。”

琳德尔沉默不语。但她从安妮嘴里听到菲利普的名字时，她的心跳得很厉害。她什么话都说不出来，但眼睛却出卖了她。

看来安妮已经得到自己想听到的回答了。她优雅地起身，面带微笑地站在那里，说：“好了，不说这个事了，气氛已经够紧张了。我和菲利普都不喜欢把私生活公之于众，明明已经消停的新闻话题如果又被炒起来的话，真的应付不起了。所以请你不要介意，能守口如瓶，不要乱说什么看到我在一个理发店里谈论柯林斯小姐的事。”

“除了你我没有告诉过任何人。虽然我现在也觉得我和你说这件事太傻了。放心，我不会乱说的。””

琳德尔说这句话的时候，她又一次感受到了阴森冰冷的空气，自己仿佛回到了那条昏暗的走廊。她曾暗下决心永远不说起这个事情。她必须忘了它。但她不知道自己做不到，而且把事发当天所见的细节记得清清楚楚。她不知道自己为什么会这样，如果她知道，那她肯定会更害怕。

安妮侧身走过她身边，坐在闪着银光的茶托后面，上面摆着色彩鲜艳的茶杯。她满面春风地说：“再喝杯茶，亲爱的。”

第二十三章
伴娘

扫码听本章节
英文原版朗读音频

那天晚上，菲利普·乔斯林很早就回家了。他用钥匙打开门进去的时候，听到安妮好像在打电话。他听了一会儿，却听不清楚，他怎么想都想不通，明明是安妮的声音，为什么听上去会那么陌生？安妮本人也透着陌生。菲利普并无意偷听安妮打电话。她似乎正在约做头发的时间，他听到安妮说：‘是 F é lise 美发店吗？我是乔斯林夫人。我想预约菲利克斯先生。他在吗……不在？你可以帮我告诉他，他制订的护理方案并不适合我的头发吗？对此我很不满意——你能告诉他吗？我想尽快见到他，告诉他我不喜欢那个方案，他必须得给我换了。明天下午我可以过去——他应该在，对吧？你和他联系一下，看看他什么时候能见我，然后打电话通知我就可以了。我整个晚上都在家。”

安妮挂了电话，转过倚在书桌旁的身体，看到菲利普站在门边，她说："我没听到你回来。"

菲利普说："因为你正忙着打电话。"

"我刚是预约美发店做头发。"安妮走到窗边，拉上窗帘。

"我听到了。女人花在头发上的时间是数不尽的。"

她浅笑着回到书桌旁，说："我的头发已经太糟糕了——我必须得去做个护理。听说这个人水平很好，但他给我用的护理液根本就不适合我。"

"那就不应该再用了。"

"我刚刚预约好，要求他必须给我换一种。你怎么回来这么早？"

菲利普走到桌子边，把公文包放在上面说："有些事我可以在家里做。也许今天会忙得晚一些。"

"你想什么时候吃晚餐？"

"噢，按平时的时间吧。如果不麻烦的话，我想在这里喝杯咖啡。"

"当然不会。"安妮对他笑了笑，走出了房间。

菲利普想："刚才的场景在所有的夫妻之间都会发生——迷人的、体贴的妻子。" 安妮没有让二人之间的气氛变得尴尬，但菲利普却总是不断察觉到，她像是在聚光灯下扮演着自己这个角色。公寓被她打理得很好，水永远是热的，饭菜按时按点上桌，烹调精美。和他说话时也温柔细语，面带微笑。菲利普还没见过她发脾气或情绪不好的时候。那个曾经嫁给他的姑娘是没有这种沉静和自觉的。只要是她不喜欢的，她一定会说出来。如果菲利普丢下她工作到深夜，那她肯定会抱怨道：“噢，菲利普，真没意思！”菲利普打开了他的公文包，拿出里面的文件。不管从什么角度来看她都是安妮，他也承认，只是感觉上又不对。他感觉不到之前的氛围。他觉得自己更像本·琼森，写道：

依然光鲜，依然靓丽：

仿佛你将参加一场盛宴；

依然粉黛，依然芬芳：

夫人，一切没有定数，

尽管高深的伪装没有破解，

什么都不完美，什么都有损伤。

菲利普坐在桌前，嘴唇抿了起来。

晚餐时，电话铃响了。安妮走去客厅接听，没有关门。菲利普听到她说：“是的，那没关系。”

她回来后关上了门，说：“是确认我刚刚预约的电话。那个专家——他不住在这附近。”

菲利普满脑子都是工作上的事，几乎没有注意她说的话。

饭后，他想起自己有事要告诉她：“我吃午餐时遇见了你的朋友。”

“噢，是吗？是谁？”

“你之前的伴娘——一个笨笨的姑娘——乔安·塔伦特。她在空中交通服务部门上班，又高又壮，但比以前好看了点。她想过来看看你。”

“什么时候？”

菲利普笑了，说：“你看起来没有特别高兴。”

“嗯，可不是，她是个讨厌的姑娘。”

“那你为什么让她当伴娘？”

“噢，我也不知道。我总能从她身上看到我婶婶简的影子——她又和肯德尔家族是远亲，一定能烦死我。”

“行了，你忍忍就过去了，她像吃了管儿芥末一样激动得上蹿下跳。”

安妮无奈地问道：“她什么时候来？”

“她提到说今晚，我也同意了。我想着你完全可以趁我工作的时候和她喝杯咖啡谈谈心，不然你一个人太无聊了。”

安妮摇摇头，笑道：“噢，不会，相比过去的三年，现在这里就是天堂。我不觉得无聊——我只觉得安心。”

她的话第一次触动了菲利普。虽然他之前也为她的遭遇难过过，但没有走心，就像听到了中国正在发生饥荒的新闻一样。她说的“安心”这个词，瞬间拉近了他们彼此间的距离。菲利普想：“她真的经历了一段地狱般的时光。”接着他大声说道，“你最好等等，看她会不会来，我不会介意。”

安妮收拾好餐具后，门铃嗡嗡地响了起来。令她惊讶的是，菲利普并没有去工作。至少他现在没有去，而是在她过去开门之前，抢先一步打开房门邀请客人进屋。

乔安·塔伦特真的又高又胖。她身上的卡其色制服被她撑得鼓鼓囊囊的。她头戴一顶鸭舌帽，脸颊像苹果一样紧绷红润。乔安爽朗地扯着大嗓门儿说："安妮，我们真的好久没见了。大家都变啦，我觉得我比你变得更多。看我的制服。我很幸运——这颜色好看。姑娘们穿卡其色会显得柔和一些。你不觉得我瘦了吗？当然我也不想太瘦，但我还是有些方法的。"她哈哈大笑起来。

然后，他们来到明亮的客厅，乔安扫视了穿一身蓝的安妮几圈，盯着她说："我说，你是不是在减肥呀，瘦了很多啊。"

"我之前一直在被殖民的法国，那里不需要'减肥'。"

乔安严肃地看向菲利普，说："你应该让她多喝可可——这是增肥的。我喜欢可可，但又不敢多喝。我们那儿有个下等士兵成天喝那玩意儿。最后她不得不把自己的制服改大了三次，现在已经没她能穿的尺码了。我们都打赌看下次她还能不能把衣服继续改大，还是重新给她一件新的制服。"

菲利普依靠在壁炉边，没有一点要去书房的迹象。安妮去取咖啡的时候，还听到他慵懒地说："她可能会签署承诺书，战争期间不再饮用可可。"

她回来后，乔安还在谈论有关食物的话题："你肯定吃不完。"她仿佛经验丰富的老手一样认真地说道。

她看到安妮进来，就立刻兴奋得跳起来想去帮她，差点打翻桌上的咖啡杯垫儿。当然了，无论她是撞翻了脚凳，接连弄皱了凳子下的地毯，还是把咖啡杯放在自己高低不平的膝盖上，她的嘴一直没闲着。过去的事情——婚礼——"你看上去美得惊人，安妮。"伴娘的礼服——"我的那件太紧了——都没能好好吃午饭。不然要是在教堂里崩开了岂不太糟了？白色又显胖，我不知道它是不是真的适合我们。戴安娜现在在中东。西尔维娅已经结婚了——生了两个孩子，她没办法等到任何家庭援助政策。而那个小姑娘——叫琳恩什么什么的——我想她住在伦斯。她非常迷恋你，是不是？你回来了，她是不是很高兴？”

菲利普依旧慵懒地说：“她很高兴。”

安妮满心希望他能快点离开，但他毫无知觉就是不走。他杵在那儿，高挑，迷人，淡漠，疏离，他偶尔呷一口手肘边的咖啡，手指间夹着根香烟，但他没怎么吸。

乔安·塔伦特也拿着一根烟，她一边吞云吐雾，一边愉快地扯着家常。她不停地念叨着琳德尔，使得安妮忍无可忍想过去扇她两个耳光。但安妮还是学会了掩饰自己的情绪，面带微笑地坐在一旁。菲利普如果想的话完全可以换个话题。她是不会为他做这种事的，免得让他以为她介意别人在自己面前谈论琳德尔。

“她长得没有非常惊艳，但胜在气质与众不同，你们不觉得吗？”

这一次菲利普什么都没说。他走过来，往杯子里续满咖啡。乔安看他过来，也把椅子转过来对着他们，眼疾手快地扶住了膝盖上摇摇欲坠的杯子，说：“我也再来一杯。你的日记还留着吗，安妮？”

安妮伸手接过杯子，笑着摇了摇头。乔安伸长脖子转向手拿咖啡壶的菲利普。“她给你看过吗？”她咯咯笑道，“那日记超级棒。我们过去总用那个挖苦她。她会记下生活中发生的点点滴滴。”她转向安妮，“你结婚之后就不再写日记了吗？”

安妮又笑着摇摇头，说："去法国之后我就不写了。那里很危险，想想如果有人写下了对德国人的真实印象，被发现后会是什么下场。"她从菲利普手中接过咖啡壶，续满了乔安的杯子。

菲利普端起自己的杯子回到壁炉边。他说："有人会在日记里写那些事吗？我也写日记，但怎么写无外乎都是关于午餐——史密瑟斯——1：30，这些无聊的日程。"

乔安大笑道："安妮的日记才不是那样的呢。我看过一次，她气得差点杀了我。她会记录下所有的事情——我是说，她会记录那些你不会认为有人会做的事情——就像那个叫什么佩皮斯的男人，当然他俩完全不是一回事。佩皮斯总想着怎么和各种女人打交道，记住她们的所有喜好。安妮不是那种人，但她也会记下身边发生的所有事，和他的做法如出一辙。"

安妮依旧微笑着，柔柔地说："乔安，你可把我想说的都说完了。"

但她的目光却看向菲利普。两双十分相似的灰色瞳孔，互相对视一眼，又同时移开。菲利普喝干手里的咖啡，走过来把杯子放在托盘上。

他说："好了，我得去工作了。"

第二十四章
间谍

扫码听本章节
英文原版朗读音频

第二天早晨，贾斯·奥尔巴尼来到菲利普在陆军部的办公室。他朝办公室里的女职员挑了挑眉，菲利普就让她出去了。贾斯在对待自己收集到的机密军事情报上，是非常谨慎小心的，即便是陆军部的职员他也有些不放心。

房间里只剩他们两个人的时候，贾斯依旧站在离办公桌很远的地方。他拿起一块儿红色的火漆印章，低下头皱眉端详着。

菲利普靠在自己的椅子上，问：“我的火漆有什么问题吗？”

贾斯匆匆把手里的火漆印章放回原位，说：“没有。是这样的，菲利普，我遇到了一个尴尬的差事，不知道该怎么和你说……”

菲利普扬起眉毛。“创作的基本要素是，”他咕哝道，“你要起一个好的开头，接着构思中间的故事，最后收尾。你完全可以从头说起啊。”

贾的脸色非常难看。“真是他妈的尴尬。”他说，接着拉开一把椅子坐了下来，手肘拄在桌面上，“实话告诉你吧，因为家族和朋友的关系，上级派遣我一个人去干这份差事。”

菲利普面无表情地说：“我猜应该和安妮有关。”

贾斯松了口气。只要说破了这层关系，他就可以畅所欲言。贾斯不喜欢把话说得太直，他了解菲利普的固执和骄傲。但贾斯不知道菲利普费了多大的力气控制自己，才使他便面看上去轻松镇定。贾斯想知道，但没有开口问。

菲利普说：“什么事？”他开始觉得有些不知所措了。

贾斯说：“上级的人有些不满意。你以为她死了，可她现下又回来了。军事情报局的局长想见你，说说这件事。我只是他们先派过来通知你的，这种尴尬的事情他们总是推给我。”

“你继续说。”

“你知道的，国家出入境的关口都会统计来往人口的数量。据调查，我们得到了一份报告。

“然后？”

“报告内容你基本都知道，特丽莎·乔斯林和她的养女乔伊斯小姐一起住在城堡里。安妮·乔斯林是4月去那里暂住的，而6月你乘坐一艘快艇过去，打算接她离开。你确实接到了她，但她不幸死在了船上。之后她作为安妮·乔斯林夫人被安葬了，当然报告里没有这些大家都知道的事。我们再说回那份报告，里面提到，特丽莎·乔斯林的葬礼结束的一周后，你过来把安妮接走了。

安尼·乔伊斯则留在了城堡里。据说她生了场大病，两个城堡里的老仆人皮埃尔和玛丽照顾着她。当时德国人就在附近。他们派了位医生去给她看过病。”

“是的，你说的这些我都知道。我想你应该听说过安妮的遭遇。她谎称自己为安尼·乔伊斯回到城堡。后来她说自己得了肺炎，等她痊愈后，又被送进了集中营。”

贾斯看起来很不高兴。他说：“但从报告来看——只怕还不只你说的这些事。上面说安尼·乔伊斯的病很快就好了。这期间德国医生总是去看她，还有赖歇瑙上尉也是如此。他们似乎和安尼·乔伊斯的关系很好。之后，医生渐渐不去了，而赖歇瑙上尉还时常过去拜访，为此周边的流言也是不少。几个月后，赖歇瑙上尉也不再去了。没过多久，安尼·乔伊斯被送进了集中营，但几个月后又被送了回去。她的解释是因为生病，德国人就让她回去了。她虽然很瘦，但看上去并没有病气，反而精神很好。她告诉皮埃尔和玛丽，自己和他们能在一起的时间不多了，她打算回英国去。其间虽然有些事情耽搁，但最终她还是回来了。”

“说完了？”

“不，还有一件事。从集中营回来后，德国人就没有再管过她，没有人去她家，也没有任何接触。”

菲利普说得很酷：“如果他们有接触的话，你肯定会骂她的。现在他们没有，你还会骂她吗？”

“不——不会，当然不会。菲利普，你确定她就是安妮吗？等等——你不确定，是不是？家族里的人都知道了。是伊娜丝·乔伊林说的。你不确定她是安妮——是不是？”

“是，我确定——一定以及肯定，她不是安妮。”

贾斯瞪大了眼睛，无言以对。

菲利普接着说道：“我深信不疑。她很奇怪，使我简直不敢相信，她曾经是我的妻子。对，她长得是像安妮，说话像安妮，笔迹也像安妮，但我还是不相信她就是安妮。只是她存在的合理性像座大山一样压在我的身上——和我的直觉、我的感情分庭抗礼——因为她知道只有安妮和我才知道的事情。”菲利普站起身，在房间里来回踱步，脚步稍稍停顿了一下后，他转身说，“若不是昨晚，我肯定还想不通这些。”

“昨晚发生了什么？”

“一个女孩来我家做客了。她曾是安妮的一个伴娘。她笑着东扯西扯地说废话，聊家常儿。直到她谈起一些实质性的话题——是关于一本日记的。看来，安妮像已故的佩皮斯先生一样有写日记的习惯。正如乔安所说，她会在日记里写下‘生活中的每一件事情，哪怕是别人都不在意的小事’。但昨天，安妮对自己这本日记的话题不是很热衷。我不是说她必须得表现得有多热切，但她真的没什么大的反应。贾斯，我想去看看那本日记。我想看看安妮到底有没有写过那些事情——那些只有安妮和我才知道的事情。因为如果她真的写了，如果安尼·乔伊斯有那本日记，那就能证明我的想法是正确的，她在所有的事情上的对答如流——都是从日记上看来的。”

贾斯在椅子上转过身，认真地看向菲利普，脑子里思索着该如何回话。在他整理好思绪之前，菲利普又说：“我们生活在同一个屋檐下，但我们的心没有在一起。我们之间什么都没有，她只是个‘陌生人’。”

“那我要把你的原话复述给情报局局长吗？”

“我不知道。事情既然发展到这个地步，我应该亲自去和他说。根据你同事的这份报告来看，安尼·乔伊斯出于一些不可告人的原因，冒充安妮被人派遣了过来，想找到原因并不难。”菲利普坐回椅子上说，“贾斯——也许真的不难。我来告诉你为什么。这个安尼·乔伊斯——你是知道她的，对吗？她是我的叔祖父安布罗斯私生子的女儿——她从小到大都坚信属于她父亲罗杰的爵士头衔，被替换成了普通的小职员——从小到大都觉得安妮和我抢了她应有的一切。然后，特丽莎收养了她——这不是合法的，但特丽莎觉得值得这样做——她与家里人大吵一架，带她去了法国。十年后，因为特丽莎突然看中了安妮，而使她失去了遗产的继承权。但她默默隐忍下来了，不是吗？不难想象她的性格——用我们的话说就是平易近人。那份报告里也提到，她和赖歇瑙上尉走得很近。这种事情是有可能发生的，那么就是他们选择好时间把她送了回来。我想，他们派她过来肯定是希望，她能窃取有关第二战线的位置和时间的信息。德国人可能认为能在我身边安插敌国间谍是件天大的喜事，这就是他们计划中的一部分。如果她是安妮，那她的变化也太大了——从里到外。但她的确变得很像安妮——任何人都不能否认这一点。如果她是安妮，她肯定认为我已经抛弃了她。她病了；她不得不隐姓埋名；她被送进集中营；

她再次患病；最后她好不容易回到这里，才发现自己已经在三年半前就死了。还有一个写着她名字的墓碑——她绝不能接受。见面后，我没有认出她——或许应该说我不承认她的身份。如果她是安妮，她肯定会对我的态度生气。直到最后，虽然违背了直觉，但我还是勉为其难地承认她是安妮时，她肯定会非常伤心。”

“她有吗？”

“不，她没有——也许她没有表现出来。她的自控能力强大得令人咂舌。她镇定，迷人，而且办事效率极高。但安妮却既不镇定又没有效率，她会直截了当地告诉你自己的想法，如果她没有达到自己的目的，肯定会全部发泄出来。一个女孩在三年半的时间里能有多大的变化？安尼·乔伊斯比安妮聪明得多，她老练，机敏，又他妈的聪明。安妮不是这样的人，她就是一个享受生活的年轻姑娘。她想说就说，想做就做，我们在性格上永远都合不来——在我们结婚生活了6个月之前就知道这些了。但如果她是安妮，她肯定会闹得不可开交，我还得设法做些什么去弥补她。如果她是安妮，那份报告就毫无意义了。安妮不会任由德国人去接近她，她也不会主动向德国人示好。我想不出有谁能胜任秘密特工这个职务——至少安妮完全不可能。你承认这一点吗？”

“如果她是安妮，我同意。我不太了解安妮，我应该把她当作你所说的那样——单纯的性格——没有架子——健康活泼女孩，只要遂她心愿，她就会对什么都满意——长得漂亮迷人，如果你不介意，我想说这些性格特点都没有细节。”

“这不是重点，”菲利普用奇怪的语调说，“事实上，你只说了我之前做过的事。好吧，这一切都过去了。她看起来像安妮，说话方式像安妮，但她不能复制安妮的思维逻辑。因为一个惯于思考复杂事务的头脑已经失去了一些单纯的想法。当你和一个女人住在一起的时候，你能感受到她整体的思维方式。这就是我一直以来都不相信她是安妮的原因。我和安妮在一起生活过，我和那个自以为是安妮的女人也在一起生活过，她们的思维方式不一样。改变相貌比改变思想容易多了。”

贾斯皱着眉，注视着菲利普的脸说：“所以你不相信她是安妮？”

菲利普说：“昨天晚上之前我会说‘我不知道’。”

“那今天呢？“

“现在，我认为我身边被敌军安插了间谍安尼·乔伊斯。”

第二十五章 阴谋

扫码听本章节
英文原版朗读音频

同天下午，安妮给珍妮丝·奥尔巴尼打了电话：“我是安妮·乔斯林。是这样，我想你应该可以帮我个忙。”

珍妮丝说：“怎么了？我能做些什么？”

“嗯，琳恩昨天来我家了一趟，说起上周你请她参加的茶会。她说自己在茶会上和一个人相谈甚欢，我傻得竟然忘了问她那个人的名字。我觉得那个女人貌似和我在法国的一些朋友有亲缘。可惜琳恩现在不在家，我又挺着急想知道——所以就想问问你。”

“会不会是希娃小姐？她和琳恩聊天的时候，我想我听到了你的名字。”

“她住在布莱克西斯吗？”

“噢，不，她住在蒙塔古大厦——但是，”珍妮丝稍做停顿后又道，“她有一个侄女在布莱克西斯。”

“她是什么人？”

“她是个上帝的宠儿——从上个世纪就开始了。她穿着珍珠拖鞋，留着卷曲的刘海儿，但她在她的工作领域里绝对是佼佼者。”

“她的工作是什么？”

“她是名私家侦探。”

安妮深深地吸了口气，瘫软地靠在书桌上。房间里一时间充满的让人摸辨不清方向的薄雾，她站在其中，耳边传来珍妮丝讲述希娃小姐是如何侦破迈克尔·哈希谋杀案的丰功伟绩。越听她就越感觉自己无法呼吸——“希娃小姐真的很厉害。”安妮艰难地开口说道，“她应该不是我要找的人。我也不知道为什么总觉得她也许是——顺便说一下，不要告诉她我向你问过她，她可能会觉得奇怪。”

“噢，我不会的。”

安妮挂上电话，久久不能回过神来。

过了一会儿，她想起自己还有个预约。她出门了，去到一个挂着明亮的蓝色窗帘名为 Félise 的理发店，径直推门而进。安妮咕哝道：“我和费利克斯先生已经约好了。”柜台前的女孩听后就让她进去了。她穿过满是小隔间的走廊，打开了镶着镜子的门。她像琳德尔那样，在昏暗的过道里站了一会儿，然后走向她面前那扇从门缝儿里透出一丝光亮的门。安妮推门走了进去，伸手遮住还未完全适应从黑暗中一下子回到光亮处的眼睛。

房间里就亮着一盏台灯，灯罩暗沉厚重，只能照亮台灯附近的地方。但由于摆放的位置，灯光会直接照射到房门的方向。安妮转过身，避开灼人的光线，确认这次门被好好锁上之后，她想：真是太蠢了！上次就是因为这个——我被灯迷了眼，没能确定门有没有关好。我得告诉他。”

她转回来背对着门，伸出手愤怒地说：“你能不能不要让灯对着我！”

房间里的陈设简陋——地板上有一块正方形的地毯，一张占了房间几乎一半位置的书桌，有两把常见的直背椅放在其两侧，桌子上放着一盏台灯。费利克斯先生坐在桌旁距离台灯较远的椅子上，整个人都陷在模糊不清的阴影里。他抬起一只戴着手套的手把灯光调暗了些，使得灯光只能照射到他们中间的位置上。如果现在那些文人墨客看到这一幕，很可能会把那束灯光比喻成一把插在他们中间的火焰剑。安妮坐在另一把椅子上，看着对面，但她几乎看不到什么——事实上，这和她前两次来这里看到的差不多，男人穿着一件宽大的外套，坐在椅子上，除此之外就都被阴影遮盖住了。他戴着手套——之前他调灯光的时候安妮看到了；他头发浓密，他俯下身子时，还勉强能看到一点零星的红色；他戴着圆框眼镜——有时会在墙上反射出些光点。安妮只知道这么多，她也知道不要尝试去知道更多。在这场游戏中，没有什么比知道太多更危险。

她靠在椅背上，听到他说：“你怎么来了？我好像并没有通知你过来。”

他的声音低沉沙哑，没有口音，却有一种与众不同的声调，看得出这个男人除了英语外还熟识其他语言。但安妮对这件事有自己的想法，她清楚地意识到，即使是出于个人考虑，也不能把那些想法说出来。她得乖乖地接受那人给她的人物，做那人命令她干的事，不问任何问题。只是一件……她问："为什么要杀了她？我告诉过你她没有威胁。"

"你过来找我——就是问这些与你无关的话吗？"

若是原来，安妮应该闭嘴不再提起，但现在她爆发了。一时间，她什么都不顾了。在过去的 48 小时里，她没有一刻不在恨他——她恨他因为警察找上了自己，因为乔安·塔伦特出其不意的拜访，在菲利普面前透露出的秘密，因为内莉·柯林斯并没有对任何人有过任何伤害。虽然这些理由之间没有联系，也不合逻辑，这个男人不知道乔安是谁。但人在生气的时候智商都近乎零，她说："如果警察没找上我，那的确不关我的事！"

男人沉闷的声音传过来说："解释你这句话的意思。"

"她说过要来见我。"

"她保证过……"

安妮生气地冷笑道："她在火车上和一个女人说漏嘴了！她告诉她，是自己抚养安尼·乔伊斯长大的，还问我能不能来看我！"

"你怎么知道的？"

安妮迟疑地说："警察告诉我的。"

"他们应该还说了别的。告诉我，那个女人是谁？"

她没有决定要不要告诉他。但他的反应太快了——使得她现在不得不告诉他。但安妮不会全部都向他坦白，她要让他自己去找出剩下的答案。她坦率地说："她是希娃小姐。"

"是警察跟你说的？"

"不——是琳德尔·阿米蒂奇告诉我的。"

他稍稍停顿后说："怎么又牵扯上她了？她认识希娃小姐？"

"她在茶会上认识的她。"

"你怎么知道？"

"琳德尔告诉我的。"

"把她说的每一句话，精准地告诉我。"

安妮尽可能地重复了琳德尔的原话。"所以你知道了吧，内莉·柯林斯说漏嘴了，和她聊天的那个女人跟警察是有联系的。那个女人告诉警察，内莉·柯林斯要在周一下午 3 点 45 分时，在沃特卢的时钟下和我见面，所以他们自然想找我了解情况。幸运的是，那天直到晚上 11 点，我都有不在场证明。"

费利克斯先生轻声说道："那是因为你听从了命令，给了你一个完美的洗脱嫌疑的借口。所以你要相信服从命令和不问问题是有多么明智。"

安妮坐在那里，看着他们中间的那束光，慢慢消化着这句话。他说得很对。当时她收到命令，要她带着艾薇·福赛特来到城里，并留她过夜。命令还让她拜托莉拉·乔斯林，或者其他的一些亲戚朋友下午 3 点过来帮忙，并留住莉拉直到 7 点。对于这些命令她没有丝毫疑问，直接照办。她甚至都没有问问自己为什么要这么做。她服从了命令，但内莉·柯林斯却死了。安妮变得急躁起来。

一个唠唠叨叨的女人死了又有什么关系？这个世界早就被鲜

血和悲痛浸透了。你不能活在别人的生命里——你只能为自己而战，挣扎着活下去。

费利克斯说："你对警察说了些什么？一字不落地告诉我！"

安妮全部说了之后，他点点头："你做得很好。他们不大可能会再去找你了。但有一点我不明白，那个叫琳德尔的女孩儿——她为什么会和你提起内莉·柯林斯？这与她有什么关系？这是重点——这件事对她来说很重要吗？我已经知道了你们的对话，但我想知道你们在什么环境下，为什么会谈起这件事？这个女孩儿，这个琳德尔，去找你是为了告诉你这些事？"

安妮舔了舔嘴唇，说："她过来告诉我的。"

"她专门去告诉你，她遇到了一个人在谈论内莉·柯林斯——还说内莉·柯林斯要来伦敦见过你？"

安妮说："是的。"

她听见他说："这下严重了。你可以不惜字如金，告诉我我想知道的吗——我不想知道她说话的内容，而是要知道她说话时的态度。说话的内容什么都不是，但态度可以表明一些。她当时的态度怎么样？是单纯的叙述这两件事的巧合，还是她心里已经有所怀疑？"

他抬起戴着手套的手，把灯光猛地对准安妮的脸。她尖锐地说："别这样！"

他笑着把灯移开："那你就不要和我打哈哈，告诉我我想知道的事情。"

她愤怒得几乎燃烧起来，但背后却感受到一种深深的恐惧。

她对琳德尔和对内莉·柯林斯有着同样的想法——这姑娘究竟是怎么了？如果她进了这个局，就必须要承担后果。不过能保住自己就算是幸运的了，没必要冒风险去操心其他人的死活。安妮平静地说：“是你刚刚没来得及让我说完。我没有任何隐瞒，但我不想让你认为它比实际情况更重要。”

“我自会判断。你会发现没有隐瞒能让你更安全。”

安妮说：“我本来要告诉你的。事情是这样——琳德尔上周在这里看到我了。”

“你真是太粗心了。继续说！”

“但我没看见她——当时她在马路对面。她跟着我走进店铺，但不确定是不是我，她没有看见我的脸。于是，她往里走，想看我是不是在其中一个小隔间里。她打开走廊尽头的门，一直走到了门的外边。这个房间的门没有上锁——真是感谢你这盏台灯，如果不是在我进来的时候，灯光晃了我的眼睛，我肯定会看到门有没有被关好。琳德尔听到我说：‘你不妨让我给内莉·柯林斯回信，她对我们没有威胁。’接着她听到你回答说：‘这还轮不到你来说。’然后她慌了神，跑了出去。”

费利克斯戴着手套的手紧紧地攥着桌边，他说：“她认出你的声音了？确定吗？”

“没有。她只是觉得像我的声音——她不确定。如果不是她在茶会上遇到那个该死的女人，说什么内莉·柯林斯要来见我的鬼话，我本可以让她认为是自己听错了。”

“她还告诉谁了？”

“她没有告诉任何人。”

“你怎么知道？”

“她说她没有。”安妮耸了耸肩，“她不是会撒谎的人。即便她尝试去说谎也会立刻被识破，再说她根本就不会去尝试。”

“那你是怎么跟她说的？”

“我告诉她我有不在场证明，内莉·柯林斯的不幸事故和我没有任何关系。我说她就是在胡说八道——把别人误认成我。我还告诉她现在的舆论已经给我们带来很多困扰了，如果她把内莉·柯林斯的无稽之谈透露出去，会对菲利普造成很大的影响。琳德尔保证她不会乱说，我认为她不会。”

“为什么？”

“因为她爱菲利普。”

费利克斯把手从桌边移开，说：“那菲利普爱她吗？”

“我想是的。”

“你说她是无害的——她不会说出去？”

“她不会做任何伤害菲利普的事情。”

他俯下身子说：“你傻吗？她不会告诉别人，但她会告诉菲利普。”

安妮笑道：“噢，不，她不会！他们私下不会见面的。菲利普原本打算向她求婚——但我的出现扫了他的兴。他们俩默默地忍受着，以免被别人发现。此外，琳德尔曾是我的伴娘。我相信她是唯一一个真正欢迎我回来的人。当时她跑着穿过房间，张开双臂搂住我的脖子。那个时候，她就已经选择了我，而不是菲利普。

所以我赢了——不是吗？”

费利克斯突然问道：“她多大了？”

“20 岁还是 21 岁——但样子看上去显小。”

屋内陷入沉寂。费利克斯把头靠在自己的手上，像是在思考些什么。趁他不再发问，安妮又说：“我认为到目前为止她是无害的。她不会告诉菲利普，因为她爱我。她不会告诉别人，因为她爱菲利普。但这已经足够了——我以后不会再来这里了。”

他说：“不，我们不会安全的。必须得另作安排。回去等着下一个命令吧。”

“事情已经失控了。太危险了。我不会再继续下去了。”

“你不会？”他声音一如既往地沉闷，音量小得近乎耳语，但却让她不住地发抖。

在光束的一侧，他抬起头看了她一眼。眼镜镜片挡住了他眼里流露出的威胁的寒光。

安妮说：“太危险了。”

“那不是你的事！你要服从你的命令，而不是去想自己是不是处于危险之中！在世界上任何一个军队里，有你这种想法的人都死在了行刑队的枪下。”

她克制住自己，说：“这是在英国。”

他回答时突出了些淡淡的外国语调：“你认为这有什么不同吗？”

安妮没有作声。当她沉默了很长时间后，费利克斯轻声说道：“至少对内莉·柯林斯来说没什么差别——不是吗？”

谁都不知道安妮被吓了一跳。一时间她因害怕而感到恶心，但并没有表现出来。为了不让自己的情绪外露，她曾做过很多练习。多年的练习——使她无论在厌倦的时候、生气的时候，她恨自己不得不去做一些事情的时候，都能让她表面看上去云淡风轻。曾经令她痛苦的练习救了她，她没有一丝波动地说："你在威胁过我？"接着，她微微一笑道，"没有这个必要。而且——这么做很蠢。"

"你有自信我不会威胁你？谢谢，乔斯林夫人！但你以后还是不要再说这样的话了。它们容易被误解，而误解总伴随着危险。我愿意相信，当你说你不能再继续下去时，你没有什么别的意思……"

她伸出手打断了他的话："等等——你听我说。你确实误解了我说的话。你听我解释。我告诉过你我不能再继续，因为太危险了。并不是说我害怕——而是我觉得没有成功的机会。我不知道菲利普带回家了什么东西，但他锁上了自己的文件盒，钥匙拴在他口袋里的链条上。如果他发现我乱动了他的文件，那就全玩儿完了。你看不出来，我还没有取得他的信任吗？虽然在表面上他相信我，因为我告诉了他一些让他无言以对的事情，但在私下里，他并不真的相信我。倘若我让他抓到半点把柄，他会立刻和我决裂。所以我打算循序渐进——让他适应我，让他相信我，让他需要我。我可以给他一些时间，让他对琳德尔死心。毕竟，他爱过我一次，为什么不能再爱一次呢？然后——我就可以帮你做一些事情了。如果一个男人恋爱了，那他就会对你掏心掏肺，再也挣脱不开。"

看来她意识到了该如何谨慎、深入和利用时间。最后，费利克斯便说："给你延长六个月，可以吗？"

"可以——可以！"

"用六个月的时间全身心投入——就能让菲利普·乔斯林爱上你？"

"是的！"

"那么在这六个月期间，我们什么都不做地等着你吗？"他做了一个手势，戴着手套的手指在桌子上从左向右滑动，像是把桌上的脏东西擦下去，说："Quatsch [注：此处原文为德语。]！"粗俗的德语，就像给脸上来了一记重拳。这个词的意思是"废话"，但没有任何语言表达得如此粗鲁。到这时，安妮才知道自己已经不再是原来的她了，她没有害怕，反而有些生气。他最好不要威胁她。如果她愿意的话，她可以采取一些行动。

他正在隔着桌子看着她，说："我们说些实际的。你要服从给你的命令，继续做下去。现在你的首要任务是这个。"他推给她一个小纸包，"去刻录复制那把钥匙。小心行事，不要像侦探故事里那些笨蛋罪犯一样，留下任何痕迹。今天晚上就动手。"

"我做不到——那钥匙在他身上。"

"他睡着之后就察觉不到了，不是吗？这个纸包里有一些药片和刻钥匙的胶纸。放两片到他的咖啡里，他会睡得不省人事。你拿到钥匙后，打开他的文件盒，用你的相机把那些文件拍下来。你不需要害怕——他不会醒来的。第二天早上，你要赶在菲利普·乔斯林离开公寓前出门买东西。下楼梯的时候，你会遇到一个男人正往上走。他看到你后会假装踩错楼梯，摔倒跪下来。你要走过去帮助他，他就会感激你说：‘我没关系，之前还摔过比这惨两倍的跤。’你趁机把装着相片和刻好钥匙的包裹丢在地上，他就会捡起来拿走。你继续去买你的东西。”

她的愤怒已化为决心。菲利普会让她把所有的东西都扔掉。不会成功的——她很清楚这事不会成功的。她说：“我做不到。这些东西都会被扔掉的。你不了解菲利普——但我了解他。在那些温文尔雅的表象之下，他特别警觉。在他面前无法掩饰自己，他能看穿一切，又让人对他捉摸不透。在他面前得时刻注意自己的言行举止——我不得不小心对待。可以告诉你，我和他独处的时候并不轻松。如果等下我心怀鬼胎地回去，他会发现的。”

费利克斯脸上的墨镜再次折射出光芒——一闪而过。他说：“我觉得你貌似在说服我。我还想你为什么会对菲利普·乔斯林这么了解。我现在知道了——是的，你不是已经愚蠢到爱上他了？”

“当然不是！”

话一出口，安妮就知道自己反应得太快了。她听到自己的声音和语气都不对。这种回答是不会令他信服的——不会令任何人信服。

他说：“是吗？但你迟早会爱上他的。”

“不，不是这样的。你错了。我说的是实话。如果我失败了，那对你没有任何好处。如果他发现我，你就不会有第二次机会了——你知道的。这么早动手对你有什么好处？”

“他为什么会发现？你到底还做了什么——说了什么？你还瞒了我什么？如果他开始怀疑你了，是什么让他产生了这些怀疑？

立刻回答我！”

她现在坐直身子，头稍稍向后仰去，像是拉开他们间的距离——他意外地抓住了她的马脚。安妮的思绪一下子乱了：“我为什么要这么说呢……我什么也没说……我说什么了？……如果他认为菲利普已经产生了怀疑，他是不会冒险的——他会放弃这个决定……我不知道——也许他不会——也许——我无法思考……”

宛如耳语的声音又传了过来：“他怀疑你？”

安妮一头乱麻地慌忙回应：“我不知道。”

“对我说谎没用。一定是有什么事情让他怀疑你了。”

“我不知道……”除此之外，安妮再也找不到其他的话来搪塞。

“我说了撒谎是没用的。发生了什么事，快告诉我！”

她想：“如果我现在就全盘托出，那一切都结束了。”想到这儿，隐藏在安妮内心极深的勇气，被她本能地拉了出来。她的嘴唇上挂着微笑，用与之前不同的语调说：“拜托——拜托了——你吓到我了！你是对的——是发生了些事情，但我不太清楚。这就是为什么我现在不想做这件事的原因。”

“到底发生了什么事？”

安妮找回了自己的节奏，轻松地说：“真的没有什么——就是一件小事，好吧——我说出来你自己判断。昨晚有个女孩来看我——她曾是我的伴娘之一——蠢得可以。她提到了日记。”

“她说了些什么？”

她告诉了他：“她说我会把生活中发生的所有小事都写进日

记——甚至那些没有人会在意的事情——就像佩皮斯那样。”安妮笑道，“她解释说，用这种比喻并不是要诋毁我的意思，她还咯咯笑着问菲利普，我有没有给他看过我的日记！”

“他也在？”

“那时他看着我……”她的声音变弱了。

“怎么了？”

“我不知道……”

“他看着你因为他起了疑心？”

安妮又怒道：“我说了我不知道！你就这么问我一辈子，我还是不知道！但我说现在不是采取任何行动的好时机。那个女孩做了些什么，我虽然不知情，但我可以感觉到，因为她菲利普的想法有了些改变。我感觉到他的目光变得像最初那样凌厉起来了。就是这些——你想要的真相，知道了吧！这又能说明什么吗？我洗耳恭听。”

他说：“不——也许不能。为什么你一开始不告诉我这件事？非得我刨根问底才说。你说这只是一件小事……”他重复道，“‘一件小事’，你真这么认为吗？你指望我相信，对你来说这只是一件小事吗？你一直隐瞒到现在才说，是因为你觉得这件事有可能让我收回成命。我来告诉你，你为什么要不惜一切阻止我让你去做这件事的原因吧。你觉得成为乔斯林夫人的感觉很棒——你有地位，你有大笔的钱，你还有一个处于上升期的年轻丈夫。你得到了你想要的一切。事实上，你没有向前进步的动力——你宁愿坐视不管，去享受生活。我想请你记住，你还没有完成你的任务。

给你一切的那些人，随时也可以把一切从你身边带走。现在你听我说。警察不会再去找你了，他们现在都认为内莉·柯林斯——正如你所说——遭遇了一场不幸的事故。一个住在莱斯利普的女人和警方说自己与柯林斯认识多年，而且她经常邀请柯林斯去她家。这是个不错的解决方案，我想你也会这么认为。警方现在只会觉得，内莉·柯林斯在火车上的言论，只是想让自己出出风头，她真正的目的地是去见住在莱斯利普的朋友。”

她看着他，只能看到一团黑影，一小撮头发以及墨镜反射出的光圈。她慢条斯理地说：“你这么认为吗？”接着又道，“是你安排好的，我想。”

正如他不止一次说过的那样，他说：“这与你无关。记住你自己的任务。按我说的去刻好钥匙。如果找不到代码，就不要冒险拍照。代码必须复制或拍照留底——但如果他有任何怀疑，肯定会把代码藏在你找不到的地方。你把日记放在哪里了？”

“它被藏得好好的。”

“你最好把它放在你的银行里。”

“不，我得把它留在身边。”

他这次没有强迫她，反而简短地说：“记住给你的任务，把东西搞到手！”

安妮停顿了一下，说：“我做不到。”

第二十六章
计划

扫码听本章节
英文原版朗读音频

安妮从暖和的商店里出来，走进干冷的空气中。夕阳嵌在两片乌云间，把余晖洒满整个街道。她走得很快，在她看来，自己面前所有的路像是都被点亮了。她的兴致十分高涨。能坚持自己的立场，现在看来似乎是一件不难的事。她知道自己有多害怕——毕竟已经屈服了那么多。说到底，他能做什么呢？揭发她，就是揭发他自己。两个人等于拴在一根绳上的蚂蚱，威胁没有用。安妮让他明白这一点后，他很快缓和了语气。她离开时，没有听从他的任何命令，也没有给他任何承诺。她为自己打下这场硬仗，并取得了胜利。她向他表明，自己不是召之则来挥之即去的工具。如果行动，她也要按照自己的时间和自己的方式来做。所以一切都取决于菲利普对她的看法。

安妮为什么要坚持这么做，他们现在一定认为她是个傻瓜，会冒着丢掉所有她已经得到的一切的风险。她不是那种傻瓜。当你得到了你穷极一生想要的东西时，你不会拿它去冒险，你定会把它紧紧攥在手心里。怎么做最保险她就会怎么做。如果今晚时机成熟，她可能也会去复制费利克斯先生想要的那把钥匙，如果她做了，那是因为这是她的选择，而不是屈服于他的命令之下。

在街边拐角处，她转过身来。夕阳已经完全落下，但她心情却没有跟着落下。一个半成形的想法在她脑子里浮现了出来。考虑到这一想法，一个计划的轮廓开始成形。她放慢脚步，注意力全部转移到那个计划上。昏暗的街道，倾斜着往下灌的冷冽寒风，已经全然感受不到了。她想了想这个计划，像渴望一条钻石项链或一辆高性能的汽车一样，渴望实施它，但又触不可及。不过，真的是吗？——是吗？如果她只是一个工具，那这不会是第一次，工具打算翻身实施这个计划。她开始仔细考虑这个计划是否可以使用。当然会有一些风险，但她一直处于危险之中。想要获得自由和安全冒点险是值得的。一时间，她觉得这么想有些恶心。安全似乎离她非常遥远。

接着她继续思索起来，最后开始磨磨蹭蹭地拖延起时间来。西勒哈姆街距离这里不远，安妮出来之前已经在地图上查过了。她想去看一下蒙塔古大厦。不管她进不进去，她都没必要下定决心。也许是她内心深处，一些不确定的想法在指引自己去往那个方向。她开始轻快地往西勒哈姆街走去。

希娃小姐坐在壁炉边织袜子。她已经完成了约翰尼的第二双袜子，现在开始为小罗杰准备一双袜子。约翰尼的另外两双袜子可以等到她把这些非常漂亮的羊毛编织起来后再织。现在剩下的材料不够，倒是能给小罗杰织一双，对艾舍尔来说也减轻了不少压力，她真没有时间给家人织袜子。每天要给三个男孩儿和丈夫做饭，打扫房间，还要洗衣服——一周有三个下午要去小卖部工作——她就一双手，要干的活太多了。

希娃小姐一边织袜子，一边想起了和弗兰克·阿博特的最后一次谈话。她摇了摇头。总督察兰姆无疑是一位经验丰富的军官，也是一个非常值得尊敬的人。但这并不意味着她就能同意他的结论。绝不同意——噢，天哪，不！在这种特殊情况下，她根本不同意他们的意见。她早就这样告诉弗兰克·阿博特了。虽然这与她无关——她在这件案子上并不是专家。如果总督察满意了，其他人也就没有什么可说的了。他是个男人。希娃小姐并不讨厌男人这个性别。在适当的地方，这个性别确实很有用。她钦佩男人们所拥有的美好品质，也宽容地看待他们的失败。但偶尔她也会像现在这样，反思自己过于倾向于相信自己的观点，并且深信这些观点一定是正确的。如果总督察兰姆认为，柯林斯小姐只是在去拜访她的老朋友威廉姆斯夫人的路上遭遇了一场悲惨的车祸——如果他相信她只是迷了路，误闯进那条发现她尸体的车道，那她也没办法做更多了。她并不在乎威廉姆斯太太看上去有多体面，她根本不相信柯林斯小姐有打算过去看她。她可能认识威廉姆斯太太，也可能不认识——在这一点上，希娃小姐保持观望的态度。但在周一下午，柯林斯小姐是打算到城里去，在沃特卢车站的时钟下与乔斯林夫人见面，时间是 3 点 45 分。如果她在那里没有见到乔斯林夫人，那肯定见到了知道这个约定的人。现在看来，乔斯林夫人的不在场证明很多——督察对这一点表示十分满意。希娃小姐撇了撇嘴，认为兰姆太容易满足了。她陷入沉思，注意力突然被屋外光线的变化所吸引。阴沉了一整天，外面的空气忽然变得明亮起来。希娃小姐轻轻地叹了口气，放下手里的毛线，走到窗前。在连续阴雨了好几天，如今看到太阳，真令人兴奋。

阳光从相反的方向斜着照射下来，太阳被两片乌云夹在中间，希娃小姐觉得天空并没有真正放晴的迹象。虽然只是短暂的一瞬，但也足够令人感到愉快了——非常愉快。

她一直站在窗边，直到夕阳没了踪迹。就在这时，她看到一个女人站在对面的人行道上，向上张望。她戴着一顶小毛皮装饰的帽子和一件非常漂亮的毛皮大衣。希娃小姐看了看她，立刻认出了是乔斯林夫人。报纸上都刊登了她的画像。简直和她一模一样——非常相似。她站在那里向上张望，而希娃小姐则是低着头向下俯视。她那光滑的脸上没有任何表情，灰色的眼睛在紧蹙的眉毛下保持平静。她可能是在看风景，也可能是在思考一些问题。突然，她转过身来，步调毫不慌张地沿着她来时的路往回走。希娃小姐看着她离开了。

安妮·乔斯林回到家，走进自己的公寓。她感到快乐和自信。这个计划给了她一种前所未有的力量。无论她做不做都由她来掌控。她可能会做，也可能不会做——她没有下定决心。同时，这计划让她有了某种权力的意识。

吃了茶点后，电话铃响了。安妮举起听筒，听到了轻微的咳嗽声。一个女人的声音说："乔斯林夫人？"安妮不知是谁在给她打电话，回答说："是我。"

"我想你知道我的名字，我是希娃——莫德·希娃小姐。"

"你为什么认为我应该知道你呢？"

希娃小姐轻声咳嗽着说道："我想你今天下午来看我了，或者至少来看了我住的地方。你没有进来。也许你打算进来，却又改变了主意，之后离开了。真是万幸。"

"我真的不知道你在说什么。"

"我想你应该知道。我给你打电话是因为想告诉你一些事情，你被跟踪了。"

安妮没有说话。她用僵硬的手握着听筒，直到她能控制住自己的声音。即使这样，她还是低声说道："我真不明白你的意思。"

希娃小姐说："乔斯林夫人，你最好听我说。你是今天下午四点以前来的。你站在人行道上，望着蒙塔古大厦。我正好从客厅的窗户往外看，一眼就认出了你。你在报纸上的画像真的是令人——印象深刻。"

安妮心想："她知道……"又想，"她怎么知道的？"

希娃小姐平静地继续说道，她也许已经回答了安妮没有说出口的想法："我打赌你会听我说，因为我知道，有人阻止了不幸的柯林斯小姐前来找你，难道你没有想过，有人同样会阻止你来找我吗？"

"我真的不知道你在说什么。"安妮机械地重复回答道，声音毫无生气。

希娃小姐说："我想你是专门来见我的，但你还拿不定主意。最后你决定离开。跟在你后面的是一个穿着破旧棕色外套的女人，头上系着一条棕色和紫色相间的围巾。当你站在人行道上的时候，她在一栋高高的楼房的门廊下。你转身回去时，她把脸转向门口，好像在假装按门铃。等你走过后，她又走下了台阶，一直跟在你后面。"

安妮一言不发，希娃小姐继续说道："我知道警察对你的行踪不感兴趣。我有理由相信这一点。所以是别人在暗地跟踪你。就因为这个原因，我给你打了电话。你会比我更清楚这个人是谁，你现在很危险。我觉得我必须提醒你一下。如果你愿意和我商量，我随时都可以。你到我这儿来是不安全的，但我可以去找你。"

安妮的脑子猛地一动。她在干什么，允许自己跟她说话？她一定是疯了，疯了，竟然还想回答她："是的，来吧，来吧，来吧！"她控制住自己的声音，低声说道："我听得出你话里的意思非常友善，但我还是不明白你在说些什么。再见。"

第二十七章
行动

扫码听本章节
英文原版朗读音频

安妮挂断了电话。她感到一种解脱，一种逃离的感觉。她几乎说出了口："你来吧。"现在看起来难以置信，但她当时就想说出来。安妮觉得这是她有生以来遇到的最奇怪的谈话——奇怪的谈话内容，最后又奇怪地影响了她的思维。这个女人，这位希娃小姐——说话的口气就好像她什么都知道似的。内莉在火车上和她聊过天，内莉对她说了什么？内莉对她说的话又有多少被警察知道了？即使她从电话中解脱出来，也能感觉到一股想要和希娃小姐见面、弄清所有事实真相的冲动。安妮想起希娃小姐说的话，令她有些不安——她无法回避费利克斯派人跟踪她的事实。她知道是费利克斯，而这意味着……她非常清楚这意味着什么。她没有真正赢得胜利，她只是成功地引起了他的怀疑。他没有再下达命令，不是因为她说服了他，而是因为他不再相信她能把东西搞到手，并带出来。当他知道她去过西勒哈姆街，还站在对面朝蒙塔古大厦张望时，他是不会善罢甘休的。她这次没有进那公寓里去，保不齐下次就会进去。好吧，她必须得下决心了。她可以甩手不干，现在立即给希娃小姐打电话，告发费利克斯……她可以吗？……她都不知道他是谁，她又该如何告发他呢？他知道如何掩盖自己的行踪，而她说出的每一个字都是在控诉自己的罪行。若按常理去想，这个计划显得有些摇摇欲坠，不堪一击了。如果希娃小姐没有认出她的话，安妮就可以在一个电话亭里给她打个电话，告诉她自己知道费利克斯和他在一个名叫 F é lise 的理发店后面房间里的勾当。

但是，说“如果”已经太迟了？内莉·柯林斯曾经总说：“如果‘假使’和‘假若’能变成深锅和浅锅，那补锅匠就没事做了。”希娃小姐已经认出了她。为时已晚——她无法全身而退了。她必须为自己的安全而努力——帮费利克斯弄到备份钥匙，让他消气。如果运气好的话，她还能弄到代码，这样她就是清白的了。在那之后，他就不会再怀疑她了。

在安妮所面临的两个危险中，菲利普突然变得微不足道起来。对于费利克斯，必须付出全部代价使他信任自己。她很清楚无用或不值得信赖的工具会遭遇什么事。安妮的信心没有消失，只是改变了方向。她感到非常轻松和自信，甚至想好了要告诉费利克斯的那套说辞，说她曾在西勒哈姆街上转悠，去看了蒙塔古大厦。如果他问“为什么？”那她就笑着回答：“哦，我不知道——这让我很开心——就像在酒吧里看到一有机会就咬人的东西一样。”

菲利普回到家时，发现安妮的脸上洋溢着愉悦的气息。距离晚餐还有一段时间，他便坐下来和她聊天。安妮要准备晚餐的时候，菲利普就跟着她进了厨房，修长的身体倚在料理台上，继续聊天。不经意间，发现他们谈论的话题是法国，他问她的问题，不是对她抱有怀疑，而是这里仿佛是会议室，谈到的正是自己感兴趣的话题。在安妮把鱼肉做成馅饼，准备蛋黄酱的时候，她想起了他们的第一次对话，菲利普放下身段讨好自己的样子，真的十分迷人。

吃晚餐时，他开始谈起自己的工作。内容倒是次要，他能在她面前谈论自己的工作，的确能使她振作不少。她非常谨慎，表现出友好的关心，没有问任何问题，当菲利普提到自己要在晚饭后完成一些文件时，她说：“要花很长时间吗？”

“不会很长。我本应该在办公室就写完的——我真的不喜欢把代码书带回来。可是——不，我不会花太长时间的。”

他们继续吃饭，安妮的信心越来越大，她有些飘飘然了。当她去拿咖啡时，她把费利克斯给她的两个药片放进菲利普的杯子里，托盘放在料理台上。她抬起头，看到自己在料理台上一面廉价镜子里自己的倒影。有一瞬间她被吓了一跳。她脸色自然，眼睛里闪着光，嘴唇微微向上翘。她想：“我看起来好像爱上他了。”又想，“为什么不呢？如果他想让我爱他，我可以。为什么不呢？”

她拿起托盘走进客厅。菲利普已经从椅子上站了起来。他站在壁炉边，低头看着炉火。当安妮放下盘子时，他说：“我先把咖啡喝了，就去写我带回来的文件，不会花很长时间的．如果我现在坐下，肯定不想再站起来了。我写完就过来，然后早点睡觉。我觉得自己一沾枕头就得着。”

安妮觉得一切尽在自己的掌控之中。若非自我感觉良好，她可能会对菲利普的举动有所怀疑。但是今晚，她从来没有想到事情为什么变得过于轻松。

一个小时后，当菲利普回到客厅时，安妮正坐在灯光下，小心翼翼地缝着一件精致的内衣。灯光柔和地落在桃色的绸缎上，落在明亮的缝衣针上，沿着椅子扶手上还放着一团刺绣用的丝线。菲利普进来时，她抬起头，看见他伸出一只手遮住嘴打了个哈欠，另一只手旁摆动着一根链子，链子的末端有一个钥匙圈。她扬起眉毛说：“菲利普，累了吗？”他把链子捏在手里说：“累死了。熬夜有害身心健康，我要崩溃了。” 当他转身时，回头说句晚安，然后走出去，随手关上了门。

安妮继续给她的桃色绸缎衬裙缝着蕾丝边。壁炉台上有一个小时钟，一个亮晶晶玻璃材质的现代工艺品。时钟叮叮当当地敲了十下。十一下。安妮又接着缝补了半个小时。然后她站起来，不慌不忙地叠好自己的裙子，把它放进卧室里。她和所有的漂亮姑娘一样，睡觉前都会缝补缝补自己的衣服。

安妮把缝纫机放好后，又回到了客厅里，把椅子摆正，把坐垫拍打蓬松，她来回走动没有发出一点声音。然后，她回到自己的房间，脱掉了鞋子。安妮穿着袜子，来到菲利普的门前，试着扭转了一下门把手。正如她设想的那样，门很轻易地被打开了。她站在那儿，门开得很宽，听着菲利普的呼吸，心想自己什么痕迹也没留下。她非常仔细地检查了下门，确定它不会出卖自己。不论是钥匙上的锁链发出的声响，还是开锁时的咔嗒声都不会把他吵醒了。安妮认为即使没有这些药片，她也能得手。然而，当她站在那里时，她内心激起一股非常微弱的内疚。这种内疚没有一点力量能让安妮改变自己的做法。它就在那里，一种对已经安睡、没有一丝防备的菲利普的模糊的感觉。过了一会儿，它便消失了，安妮觉得今晚一切十分顺利。今晚，是她生命中从未有过的，自己拥有了力量和权力。其他人都被自己利用了——菲利普、费利克斯、琳德尔、希娃小姐。

她推开门，走了进去。在梳妆台上边，她打开小手电筒，从床上开始翻找。钥匙环被扔在床的右侧，还有一个文件盒、一把硬币、一块叠好的手帕。这太容易了。安妮没有出声，把钥匙拿了起来，走出房间，关上了身后的门。

在书房里，她打开吸顶灯，在书桌旁边坐了下来。她左手边是那个上了锁的文件盒。她把它拉到吸墨纸上，用最小的一把钥匙打开了锁，掀起盖子。盒子里最上面放的，就是那本令她难以置信自己运气的——代码书。她深深地吸了口气，品尝着自己的胜利，胸腔里满是能量。

第二十八章
迷药

扫码听本章节
英文原版朗读音频

第二天早上，菲利普·乔斯林到陆军部后，没有直接去自己的办公室。他拿着昨晚带回家的文件盒，走过了好几条楼廊。走进一间办公室时，贾斯·奥尔巴尼正坐在里面等他。贾斯抬起头，果然流露出些许惊讶。菲利普的脸色一直不算红润，但今天早上，他看起来十分苍白——几乎没什么血色，面容憔悴。

贾斯说："怎么了？"随后被菲利普突然展现的笑容吓了一跳。

"我们走着瞧——除非她比我们想得还要聪明。我昨晚被下药了。"

"什么！"

菲利普漫不经心地点了点头："毫无疑问，我睡得像个死人。尽管我喝了冷水和一杯非常好的早餐咖啡，到现在我都还没完全恢复过来。安尼·乔伊斯当间谍真是可惜了，她可是个很好的厨师。总之，她昨晚给我下了药。而之后她做了什么，我就不知道了。你最好带着你的鉴定人员去看看我的文件和钥匙有没有被动过。我已经很小心地没有碰它们了，除了手柄，里里外外我都没有碰。当然她很有可能戴了手套，如果是这样，那她就很成功地摆了我们一道，但我觉得她没有戴手套——在家里不会。”

菲利普放下手里的文件盒，又把一个打结的手帕扔在贾斯的吸墨水纸上。一串钥匙被包裹在亚麻布里，钥匙链发出碰撞的清脆声响。他简短地说了句“一会儿见”，就转身离开了房间。

贾斯·奥尔巴尼松了口气。这份差事可不容易，菲利普也硬着头皮接受了。

一点刚过，琳德尔·阿米蒂奇正在莉拉·乔斯林公寓的客厅里。这房间很温馨，整体布局呈字母L的形状，东西两边各有两扇窗户，所以清晨和傍晚的日光都能透进房间里来。两扇西面的窗户正对着客厅的门，一进来就能看见。而东面的一扇窗户正好处于房间L的拐角处，很难一眼就发现。莉拉的钢琴就摆在拐角处，门铃响起的时候，佩勒姆·特伦特的手刚好从琴键上移开，坐在琴凳上转过身子。

莉拉说：“弹得很好。”

琳德尔本想说话，可门厅里传来的脚步声让到嘴边的话又咽了回去。她的心跳有些加速，无意识地发现了自己的脚正朝着大门的方向移动。那是菲利普的脚步声，她很清楚。连她自己也不知道自己身体里的一切都在这脚步声中加快了。她应该和大家待在一起——她不应该出来见他——虽然并没有什么理由阻止她见他。这些想法交织在她脑子里，每一条又不甚清晰，也不占用什么时间。琳德尔有点发抖，她不知道为什么，她的想法也跟着在动摇。琳德尔已经看不到钢琴旁的两个人了，菲利普走进了房间。他带来了一个消息——琳德尔不知道的消息。宛如一股冷气吹进了温暖的房间，她知道这寒冷不是身体上的，而是从心底慢慢往上翻涌。

菲利普面无表情地关上身后的门，背靠着门说："安妮死了。"

琳德尔屏住呼吸，一声不吭。莉拉惊呼道："噢！"

就这样，随着房间里凝滞污浊的空气扑面而来，菲利普·乔斯林意识到自己并不孤单。他僵硬地站了一会儿，然后走到门前，打开门走了出去，又在身后关上了它。在琳德尔反应过来之前，菲利普已经离开了。关门的声音和琳德尔一起穿过了门厅的走廊。

第二十九章
手枪

扫码听本章节
英文原版朗读音频

比这更早一点的时候，总督察兰姆和阿博特警官从电梯里出来，按响了滕特登花园公寓 3 号楼的门铃。在战争爆发前，公寓楼还有一个十分响亮的名字被提在滕特登花园的角落里。只是现在花园荒废许久，草木丛生。外围的栏杆被拆除之后，花园就被人踩踏得不成样子。仅剩的几棵枯树中，有一棵还被炸弹击得粉碎。中间一排的两幢别墅也遭到了炮弹的袭击，但周围公寓却完好无损。

当阿博特警探足足按了将近一分钟的门铃后，他耸了耸肩，扭头看着自己的上司。他们听到门铃声在空荡荡的房间里回响，除此之外再无别的动静。

“这里没有人，先生。”

兰姆皱起了眉："她可能已经跑了，也可能是溜出去买东西了。你下去问问门童，有没有看见她出去。"

"如果他没有看见呢？"

兰姆考虑到了这一点。他有搜查令，但不想多做解释。兰姆不想把门童也牵扯进来。问他有没有见到乔斯林女士出去，并没有什么坏处。如果他见到了——那么，兰姆还得再想想。阿博特回来说门童没有看见乔斯林夫人，督察又皱起了眉。他把手伸进衣袋里，掏公寓的钥匙。

"说实话，"兰姆说，"如果菲利普爵士亲自开门让我们进去的话，我会更高兴——毕竟这更合乎规矩。我想当你接下这个案子时，他心里也是不好受的。好了，给你钥匙——我们进去吧！"

弗兰克·阿博特把钥匙插进锁里，打开了门。他们走进了一个小巧空荡的门厅，他们右侧有一扇门，正对着他们的还有一扇。这两扇门都是半开着的，像是之前有人进出过一样。整间屋子死一般地沉寂空旷。他们径直走进客厅，一缕淡淡的阳光斜斜地穿过窗户洒了进来。屋内的一切陈设都很整洁，东西摆放得都井井有条。椅子没人坐过，上面的坐垫蓬松松的。壁炉里没有生着火，昨天晚上一根烧焦的木柴孤零零地躺在灰烬上。弗兰克·阿博特扬起了眉毛。

兰姆自顾自地咕哝着什么，转过身穿过门厅，走向另一扇半开的门。门缝儿开得很大，没必要再去推它。当然他们也无须跨过这道门槛，去寻找乔斯林夫人了。这间屋子是菲利普·乔斯林的书房，她就躺在书桌的旁边，兰姆和弗兰克定睛一看就知道她已经死了。

短暂的停留后，兰姆走进房间。他原本打算逮捕的这个女人，将永远缺席法庭的审判了。不管她曾经是谁，无论她曾做了什么事情，都如过往云烟，毫无意义了。尸体侧躺在地上，脸朝着从书桌上掉落的电话听筒的方向。头发和素色的地毯上都有血迹。

兰姆用触碰不到尸体的姿势蹲了下来。“后背近距离中的弹，”他说，“看起来她临死前试图打电话。我们得给厅里打个电话，靠这玩意儿可不行。”他指了指那个掉落的电话听筒，“看看卧室里有没有分机。”

找到了——淡蓝色的电话分机，看起来很不协调地摆在菲利普·乔斯林的床边。房间里凌乱不堪，鞋子东一只西一只，牙刷随意丢弃在梳妆台上。

弗兰克·阿博特回来对兰姆说：“分机在菲利普的房间里。他的被子没有叠。”

“被子？”

“只有菲利普的被子没有叠。她当时就在这里，紧挨着客厅旁边。她的房间收拾得很干净——被子叠了，所有东西都很整齐。”

兰姆发出了他思考时惯有的咕哝声：“看样子是她先死的。我知道菲利普是 8 点半左右离开家的。她当时已经整理好了自己的房间，但没时间整理菲利普的——他说过自己的房间没有被整理。那早餐又是怎么做的呢？”

他们一起走进那间装潢鲜亮的小厨房。一块干净的格子桌布上放着一个盛满咖啡的杯子、咖啡壶、牛奶罐、面包卷和一块儿没有切开的黄油。

“看样子他们都没有吃早餐的胃口。咖啡——早上喝这玩意儿有什么好的？给我来块儿熏咸肉和一大杯好茶！”

“先生，从哪儿去弄熏咸肉给你？”

“我知道，我知道——战争时期嘛。所以我早餐吃了培根来代替。厅里的探员们估计马上就要到了。我只是好奇——为什么要在早餐时喝咖啡。”

“菲利普被迷晕了，而她——无论她是谁，曾经在法国生活过，一杯咖啡和一个面包卷也许是她在那儿养成的习惯。”

兰姆督察很不赞同这个说法：“你怎么不想想法国是怎么从战争中走过来的？咖啡？！喝咖啡的男人怎么上战场？”话音刚落，电话铃突然响了起来，“去看看是谁打来的！”

弗兰克·阿博特举起了淡蓝色的话筒。一个听起来十分悲伤的声音说：“喂？菲利普是你吗？”

弗兰克回答道：“不是。”等对方如何回应。

这是一个非常迷人的声音，温柔、年轻又悲伤。经过片刻的犹豫，又说：“这里是滕特登花园公寓的三号楼吗？”

“是的。你是谁？”

“我是佩里·乔斯林的妻子。乔斯林女士在吗？能让她接电话吗？”

“恐怕不行。”

“噢！”莉拉发出更为悲伤的声音说，“噢！拜托——出了什么事吗？”

“你怎么会这么想呢，乔斯林夫人？”

“因为菲利普他说……”她的声音渐渐消失了，“噢，那不是真的，对不对？她没有死？”

“菲利普爵士告诉你乔斯林夫人已经死了吗？”

“噢，是的，他说了。但他没有专门告诉我。他打开门只见了琳恩——我的表妹琳德尔·阿米蒂奇小姐——菲利普说：‘安妮死了。’我喊他的时候，他又离开了。所以我们没能问清楚这件事。我真的无法相信，所以想着最好打个电话确认一下。”

“乔斯林夫人，你说的是什么时候发生的事？”

“中午 12 点 45 分左右。但请告诉我你是谁。你是医生吗？为什么不告诉我发生了什么事？是意外吗？她真的死了吗？”

“是的，她的确死了。”

弗兰克挂上听筒，转过身发现兰姆站在他身后，脸色阴沉凝重。

“先生，这真奇怪。你听到她说了什么吗？是佩里·乔斯林的夫人打来的电话，说菲利普·乔斯林在一刻钟前告诉了他们，自己的妻子已经死了。他是怎么知道的？”

第三十章
怀疑

扫码听本章节
英文原版朗读音频

菲利浦·乔斯林走出莉拉的公寓后，觉得自己简直就是个傻瓜。昨晚那杯加了料的咖啡弄得他到现在还神志不清。他一定是疯了，就这样专门来到莉拉的公寓，在确保只有自己和琳德尔单独相处之前就这么脱口而出：“安妮死了。” 他本不想说出来的。他甚至没有打算去那里。他只是突然间太想见到琳德尔了，没有任何意图地想见她。但迷药和当时混乱的思维然让他一不小心脱口而出。

菲利普不知道自己要去哪里。他不想回公寓。至少在他必须回去之前他还不想回去。就让所有事先放着吧。菲利普意识到自己已经一整天都没有吃东西了。吃顿饭也许可以让自己停止胡思乱想。他转过一条岔路，来到一条满是商店的繁华街道，走进了第一家餐馆。

半个小时后，菲利普在自家的前门处遇到了督察兰姆。

“真是糟糕，菲利普爵士。”

“什么意思？”

“你不知道吗？”

“我知道的话就不会问你了，她还没走吗？”

兰姆面无表情地看着他说：“这么说也不完全对。”

菲利普的脑袋恢复了清醒，尖刻地问：“到底发生了什么事？”

兰姆说着：“你看。”并打开了书房的门。

菲利普向前走了一两步，站在门口向里面看去。房间里有三个人，其中一个还拿着相机。安尼·乔伊斯依旧躺在她倒下的地方。菲利普想着——她是安尼·乔伊斯———不是安妮·乔斯林——她不是他的妻子。警察们还没有动过尸体。菲利普就一直看着躺在那里的安尼，他知道她已经死了。突然感到心里没来由地被内疚狠狠刺痛了一下，但很快他板起面孔，后退一步，用隐忍的问道：“开枪自杀？在你们来之前，还是之后？”

兰姆摇了摇头：“没有。她没有开枪自杀，是有人开枪击中了她。但我们没找到凶器。”

“有人向她开枪？”

“是的。我们先离开这里。”兰姆带他来到了客厅，“他们等下会把尸体带走。我很高兴能和你说上话。这位是阿博特警探。如果你不介意的话，他会做一些笔录。我们需要你的证词。”

弗兰克·阿博特拿出笔记本，关上了客厅的门。此时太阳已经下山，房间里没有了阳光的普照，清清冷冷的。三人落座后，兰姆说："我们收到的通知是，这是一件机密行动——试图为敌军获取情报。但现在看来似乎又变成了一桩谋杀案。"

菲利普说："你确定不是自杀吗？"

"非常确定。伤口的位置——不可能是自杀造成的。我想问你的是，你今天早上离开公寓时她还活着吗？"

菲利普·乔斯林扬起眉毛说："她当然活着！"

兰姆用他那沉稳又严肃的声音继续说道，他的眼睛稍稍有些凸起，但一眨不眨地透着精明。眼睛上方，是一头粗硬的黑发。兰姆已经脱掉了大衣，即便不穿着外套，他庞大的身躯也填满了整张扶手椅。他正襟危坐，一双灵活的大手放在膝上："法医说她已经死了几个小时了。你今天早上几点离开家的？"

"8点40。"

兰姆点点头："吃过早饭吗？"

菲利普像他一样简洁地回答道："咖啡。"

兰姆咕哝道："昨晚你被迷晕了，不是吗？"从他的语气中能听出，咖啡作为解药可能是有点用途。

菲利普说："是的。"

"当你昏迷时，你从陆军部带回来的文件盒被钥匙打开了，里面的东西被翻动了吗？"

"是的。"

"乔斯林夫人的指纹……"

菲利普严肃地打断了他的话："她不是乔斯林夫人，不是我的妻子。她只是一个敌军派来的间谍——安尼·乔伊斯。”

“她一直在假扮乔斯林夫人？”

“是的。”

“你的钥匙和盒子里的文件上都发现了她的指纹？”

“是的。”

“这些文件是加密的吗？”

“看起来是，但事实上并非如此。里面包含的代码本是已经废弃了的东西，对敌军没有任何价值。”

“所以你事先就怀疑过，有人会来窃取情报的是吗？”

“我想是有可能的——但我没有冒险。你知道的，我服从情报局的一切安排。”

“你有没有预料到你会被迷晕？”

“没有。这并不重要，只不过我的脑袋才刚刚恢复清醒。这种事当然可能会发生——但我是一个睡眠很沉的人，她可能已经领教过了。”

“她知道你睡得有多熟吗？”

“不，她不知道。”

弗兰克·阿博特在桌子前俯下身来飞速地记录着，他的头发像被抛光的木头一样发亮。公寓里的每样东西都闪耀着光芒，除了布满灰尘的壁炉，还剩着昨夜炉火的灰烬。他想：“他现在就在现场。如果他出门时她还活着，那他是怎么知道她在 12 点 45 分的时候死了？他是 12 点半才离开陆军部的。还没等他回来，我们已经到这里了。”

兰姆说："我们再说回死者。报纸上登的那件事——我是说她从法国过来，自称是乔斯林夫人的那件事——可以问一下，报纸上写的细节都是正确的吗？"

"应该是吧。我没有全部看完过。"

"你接受了她的说辞——相信她是乔斯林夫人？"

"没有。"

"可以详细说说吗？"

"可以。我不认为她是我的妻子。她长得是像她，而且知道我妻子知道的所有事情，但我就觉得她是个陌生人。家族里的其他人没有丝毫怀疑，还不明白我为什么会这么想。"

"她们非常像吗？"

"非常像，而且——还非常谨慎。"

"那你怎么解释这个？"

"很容易。我父亲世袭了他的叔叔安布罗斯·乔伊林爵士的头衔。安布罗斯有一个女儿、一个私生儿子，分别是我妻子的母亲和安尼·乔伊斯的父亲。乔斯林家族的人性格各异，但即便如此，家族间的相似性还是很明显的。"

"安尼·乔伊斯和乔斯林夫人是血缘很近的表亲？"

"是的。"

兰姆在椅子上挪动一下，身子向前倾了一点，说："如果你认为死者是安尼·乔伊斯，你为什么会任由她假扮乔斯林夫人？她顶着那个名字一直住在这里，不是吗？"

愤怒和骄傲使菲利普脸上扭曲出来的皱纹更深了。他想说因为他必须这样做，因为不得已，因为他能做的唯一反抗就是表现得漠不关心。他说："我当时也相信她就是安妮·乔林斯。毕竟她给出的证据太有力了。"

"是什么证据，菲利普爵士？"

"她似乎知道一些只有我妻子和我才知道的事情。所以，我别无选择。我得满足她提出来的条件，就是和我住在一起。"

"那么你相信她了？"

"是的，有段时间里是相信了。"

"那为什么之后你又不相信了？"

"我从我妻子的一位老朋友，也就是她曾经的一个伴娘那里得知，她写过一本非常私密又事无巨细的日记。我立刻意识到，安尼·乔伊斯可能知道那本日记的内容，所以才能说服我。"

"这是什么时候的事？"

"前天。"

"那你之后有没有去军事情报部门？"

"没有——是他们找的我。他们搜集到了一些关于安尼·乔伊斯十分有害的信息，建议我带一些伪造的文件和过期的代码书回家，并假装透露给她。她迷晕了我，把那些文件都翻看了一遍。我拿了一两件她不用的东西给他们，以便比对指纹。最后发现文件上到处都是她的指纹。"

兰姆沉默了。安静的空气中传来房间外的脚步声，还有公寓的外门被重重关上的声音。屋内又沉静了下来，兰姆没有打破此时的安静。过了一会儿他说："除非你愿意，否则你不需要回答下面这个问题。但我一定要问问你，是不是你开的枪？。”

菲利普皱紧眉头说：“我？当然不是！我为什么要杀她？”

“可能当时你已经醒了，发现她乱翻了你的盒子。”

菲利普用他灰色的双眸瞪着兰姆说：“如果是这样，我肯定会报警的。”

“我只是猜测是不是你而已，菲利普爵士。”

“我没有醒过来，我告诉过你我被迷晕了。”

兰姆咕哝道：“我想，你有一把左轮手枪？”

“当然。”

“在哪里？”

“在书房——书桌右侧的第二个抽屉里。”

“你确定它在那儿？”

“应该在的。”

“好吧，我们可以去看看。他们已经把尸体带走了。”

他们走进书房，菲利普·乔斯林在最前面，弗兰克·阿博特断后。房间已经被清理干净了，电话放回了原位。只是地毯上的污迹还在那里。菲利普粗暴地拉出抽屉，除了信纸和信封整齐地叠在一起之外，就什么都没有了。他皱了皱眉头，把下一个抽屉拉了出来，没有那把左轮手枪。剩下所有的抽屉里都没有。

“它不见了。”

“你最后见它是什么时候？”

“昨晚。我拿一包信封的时候，它还在那里。”

菲利普仍然皱着眉站在桌边。那包信封还躺在他之前随手放置的地方，离吸墨纸垫很远，包装袋还没有打开。他说：“你觉得是那把枪杀的她？”

“可能是。不过这要等我们找到它之后才知道。”

弗兰克·阿博特心想：“如果真是他杀的人，那他掩饰得太好了。我不明白他为什么要杀她——除非那把左轮手枪在她手里——她举着枪，嘴里说如果他要抓她，她就扣动扳机——她知道那把枪平时放在哪里——他从她手里夺过枪——她害怕了——伸手去拿电话，他就开枪了……但这动机不够充分——除非还有什么我们不知道的事情——一般情况下……当然，他也可能是愚蠢得让她拿到了枪——但他看上去又不是那种人——如果找不到那把枪就不能证明她是被它射杀的。”

兰姆问：“今天早上你什么时候到陆军部的，菲利普爵士？”

“九点过几分钟。怎么了？”

“你什么时候离开的？”

“十二点半。”

兰姆早就知道了。他点点头说：“你直接回这里了？”

“没有。”

“没有。”

“确定吗？”

“确定”。

“你去哪儿了？”

“我先去了我表亲乔斯林夫人的公寓。本想在她那儿吃顿午餐，但不巧她在招待客人，所以我就离开了。”

“你又做了什么？”

“我去吃了些午餐，就回来了。”

“你没有吃早餐，是吗——除了一杯咖啡，什么都没吃？你自己准备的吗？”

“没有——乔伊斯小姐准备的。”

兰姆咕哝道：“现在还没有证据证明她就是安尼·乔伊斯，但我们先暂且不管这个。她泡的咖啡？你离开公寓的时候她还活着？”

“是的。”

“那么，为什么你去佩里·乔斯林妻子的公寓时，就已经知道知道她已经死了？你怎么解释这个呢？”

菲利普瞪大了眼睛，他说：“我不知道，我怎么可能知道？”

兰姆收回目光，说：“这别问我。你去了莉拉·乔斯林夫人的公寓说‘安妮死了’，然后就离开了。”

菲利普僵住了。他拼命回忆自己之前说过的话。除了琳恩他谁都没见过。他说“安妮死了”，是因为当时脑子里想的就是这句话。他对琳恩说了。接着莉拉叫了起来，有个人也在动，他则转过身离开了。菲利普皱起了眉说：“你误会了，我不是说安尼·乔伊斯。我不知道她已经死了——我根本就没想过她。我是在说我的妻子。”

“你妻子？”督察的语气听起来像是不相信菲利普的说辞。

菲利普有些生气了，明明自己说的所有事情都是实话，为什么听起来很难令人信服？他刚刚的解释连自己都无法说服。他说：

“这是真的。如果这个女人是安尼·乔伊斯，那我的妻子已经死了——已经死了有三年半了。她翻动我的文件盒就是最直接证明她是冒牌货的证据。我走进乔斯林夫人的公寓时，并不知道那里还有其他人——所以我说了当时最想说的话。后来等我发现那里还有客人时，就离开了，毕竟这不是可以在陌生人面前讨论的事情。”

弗兰克·阿博特把这些话都记录在笔记本上。随着他写字时手的移动，脸上总是略带嘲讽的表情变得严肃起来。“也许，你永远都看不出哦，”他想到，“阿米蒂奇小姐在某些地方被牵扯进来。他急着想要告诉她，自己的妻子已经死了。而且，到现在他都没有提过阿米蒂奇小姐。我想应该知道了——他没有错过太多。”

弗兰克把笔记本合上后，电话铃响了起来。

第三十一章
嫌疑

扫码听本章节
英文原版朗读音频

弗兰克·阿博特把听筒从耳朵边移开，用手捂住嘴小声说道：“先生，是希娃小姐。”

总督察的脸色有些难看，那双凸出的牛眼轻蔑地瞪着自己的下属：“希娃小姐？”声音听上去极为恼怒。

弗兰克点点头：“我应该对她说些什么？”

“她要找谁？”

“乔斯林夫人。”

兰姆的脸色深得近乎为紫色了。

“她想干什么？你不能为她所动！我想她已经认出了你的声音！问问她想干什么！”

“要我告诉她发生了什么事吗？”

兰姆咕哝道："你先问她！"

弗兰克甜蜜地对着电话里的人说："很抱歉让你久等了。督察想知道你是否愿意告诉他，你为什么要找乔斯林夫人。"

希娃小姐的轻声咳嗽声传了过来。兰姆和菲利普几乎听不清她在说什么。

弗兰克说："好的，我问问他。"然后再次转身说，"她想来见见你，先生。"

兰姆晃着大脑袋说："我没有时间见她——把我的原话告诉她。你没必要和她说那么多——我没有时间。告诉她这是一起谋杀案。这一次是真的，不是她之前所谓的无稽之谈。如果她能在我工作时不来烦我，我会很高兴的。"

阿博特警探对自己手掌的隔音效果深信不疑地捂着嘴说："督察很忙。事实是，这里有点乱。她被枪击了……是的，死了……不，不是自杀……是的，我们已经够忙了。所以你看……"

在电话那头，希娃小姐异常坚定地说："我有一些十分重要的事情要说。请你告诉督察，我希望能和他单独谈 20 分钟。"

弗兰克转身回到房间："她挂了，先生。她一会儿就过来。说是有十分重要的事要告诉你。你知道，她说有一般就都有。"

总督察体会了想骂人却忍住的心情好多年了。他是个声誉良好的教徒，但脾气却极易失控。不过，当莫德·希娃小姐抵达后，他们就像老朋友一样相互见礼。他们握了手，希娃小姐问候他的身体，在问候了兰姆的妻子和让他无限宠溺的三个女儿之后。她想起了在那三个女孩儿之间，有一个在陆军运输勤务部、空军妇女辅助队还是英国皇家海军妇女服务队里工作。她想起了一个叫莉莉的女孩儿已经订了婚。在这种轻松的对话下，弗兰克·阿博特发现自己的上司放松了下来。

“不可思议的是没有任何虚情假意，她真的对这些事感兴趣。她是真的想了解莉莉的年轻未婚夫，以及维奥莱特能不能得到任命。如果她在演戏，他一定会发现的。但她不是——她真的想知道这些事。莫德真是个厉害的女人。”

“好吧，希娃小姐，我现在忙得不可开交，你找我到底有什么事？”

现在只有他们三个人在房间里，菲利普·乔斯林已经回了陆军部。希娃小姐选了一把直背的小椅子坐了下来。两个男人也落座了。弗兰克·阿博特表现得十分体贴，他已经收拾好了壁炉，生起了火。希娃小姐赞许地望着它，说现在是一年中最冷的时期。她轻咳了一声，对兰姆说道：“我非常震惊听到这个死讯。我之前担心她会有危险，但不知道它会来得这么快。”

“希娃小姐，我不知道什么危险。她本身就是一颗定时炸弹。或者，也许这一次，是你还不知道一些事情。在你、我以及弗兰克之间——我知道我可以信任你不会泄密——她是敌军的间谍。”

“天哪！真是令人震惊！我之前就有所怀疑，但我没有证据。”

“噢，你又猜对了，是吗？为什么？”

对弗兰克·阿博特来说，希娃小姐说话的态度暗示了她觉得督察缺乏应有的礼貌。她有些拘谨地说：“很难解释那种感觉。就像我刚刚说的，没有证据。但我认为她在可怜的柯林斯小姐的事件上一定有一些罪恶感……”

“是意外。”兰姆插嘴道，“纯粹的意外事故。”

希娃小姐说：“我认为不是。我突然想到乔斯林夫人……”

兰姆再次打断她，说：“菲利普爵士说她不是乔斯林夫人——她不是他的妻子——她说她是另一个女人——安尼·乔伊斯。”

“这并不让我感到惊讶。真正的乔斯林夫人肯定对内莉·柯林斯的死毫无兴趣。但安尼·乔伊斯就不一样了。柯林斯小姐知道一些可以使她认出她抚养过的孩子的标记。这给了安尼·乔伊斯一个非常明确的杀人动机。”

兰姆哼了一声说：“我不知道——也许你是对的。我会告诉法医注意那些标记。你还没说你为什么会怀疑她呢。”

“我想，应该是从整个事件来看所得出的结论。我的想法是，安尼·乔伊斯独自策划并实施这一系列计划是非常困难的。她怎么知道菲利普爵士在英国？因为她从威斯特海温给乔斯林庄园打过电话找他。柯林斯小姐去世后，我翻阅了报纸上登载的文章。菲利普爵士即将在陆军部得到一个机密的职位时，他在法国失踪的妻子就回来了。这两件事发生的时机也太巧了些。他的工作，我想应该是绝对机密的。”

“谁告诉你的？”兰姆说。

希娃小姐笑着说：“你并不真的想听我的回答，是吗？回到我刚才说的。我不禁想到，如果德国人能在菲利普·乔斯林爵士的家里安排一名间谍，那对他们来说助益匪浅。说实话，我觉得她出现的时间准时得有些刻意了。”

兰姆坐在那里看着她。她穿着那件旧的窄肩黑夹克，上面有一圈毛皮领子。手上戴着旧的黑色羊皮手套，随意地放在膝盖上。

“好吧，就是这样——她是一个敌军间谍。昨晚，她迷晕了菲利普爵士，并翻阅了他的文件。菲利普爵士早就对她有所怀疑，所以文件都是伪造的。军事情报处比对上面的指纹后，知道了是她干的。所以我们接到命令前来逮捕她，而她却被子弹击穿了头，倒在书房的桌子旁。问题是，是不是菲利普爵士发现了是她在翻阅文件，然后用枪打死了她？有些男人会这样做，我敢说他在我眼里也不是什么善茬儿。”

希娃小姐说：“如果那些文件不是真的，那么他射杀她的动机就很小了。倘若是在他毫不知情的情况下发现了她是间谍，那他也许会开枪。但据我所知，他早已经知道了，而且那些文件是给她设下的圈套。”

“嗯——的确如此。这里面圈圈绕绕很多。总之他说自己离开时她还活着。他们俩都喝了咖啡——她的卧室已经整理过了，但他的还没来得及整理——客厅的壁炉又乱糟糟的。法医说她至少死了几个小时。稍后我们会得到进一步的尸检结果。菲利普爵士在 8 点 40 出的门，门童可以作证。门童说当时正在等修理工过来修补天窗，所以看了看手表——天窗的形状有些扭曲，不透明的窗罩也出了问题——所以他一直盯着天窗的方向。他说菲利普爵士在 8 点 40 左右就离开了，样子看上去有些奇怪。修理工是在 9 点钟来的，之后他们一直在公寓外修理天窗到 12 点半左右——没看到任何人进出。我们找到了那些修理工，他们的证词和门童说的别无一二。”

希娃小姐沉思道：“我的天——”

弗兰克·阿博特认为他上司的语气有些夸张，听到他继续说：“这种证词使整件事变得更糟——你不能否认。她一定是在 9 点之前就死了。菲利普爵士离开后的 20 分钟里，有人闯进来，开枪杀了她后离开。但门童一直在等修理工们，说他没有看见任何人。”

希娃小姐说：“你抓着这一点追问他，结果肯定是这样。人们很容易说他们没有见过任何人，但他们真正的意思是没有看到任何一个他们没见过的人。”

“的确。正如你所说的，我又问了他细节。实际上，有三个人进过公寓，在修理工来之前又离开了。那三个人是——门童认识的邮递员、一个送牛奶的男孩，和一个从洗衣房来的男人。

“牛奶拿进去了吗？”

“没有。看来牛奶是在她死了之后送来的。”

“是哪栋公寓要送衣服去洗衣房？”

“门童也不知道。那人是在菲利普爵士刚离开之后来的，那时门童在大厅的后面。那个人头上顶着洗衣篮走了进去——门童也没有过多理会。公寓里有家新租户，他也不知道是谁要洗衣服。”

希娃小姐说：“好的。”

兰姆合上膝盖说：“听着，你不会认为是那个完全陌生的洗衣工走进了公寓，知道菲利浦爵士的左轮手枪在哪儿，开枪打死了那个女人后再拿着凶器离开，整个过程仅用了五六分钟的时间吧？”

希娃小姐又咳嗽了。

“开枪杀人不需要很长时间。菲利普爵士的左轮手枪可能根本没有被用过。如果她认为自己处于危险之中，很可能会想办法拿着它防身——她肯定知道枪被放在哪里。他杀了她后，可能会想把自己的嫌疑嫁祸给菲利普爵士。不过，这仅仅都是我的猜测。”

兰姆放声大笑道：“我很高兴你能这么说！”

“我想知道洗衣工离开时有没有被人看见。”

“有的。那时门童正在打电话，匆匆扫了他一眼。”

“他头上还顶着洗衣篮吗？”

“是的，他顶着，不应该吗？他把干净的衣服拿过来，把脏衣服带走。其余的细节就别问我了，我只知道这些。你可以去问门童，但他也不知道更多事情了。在我看来，有动机和作案时间的人是菲利普爵士。你可能会觉得他动机不够强烈。但从案件本身来说他很可疑，这是其一。9 点到 12 点半之间他一直待在陆军部——这一点我们已经确认过了——但是他在 12 点 45 分的时候去了佩里·乔斯林妻子的公寓。除了阿米蒂奇小姐，他没见到任何人——那是一个 L 型的房间，他们站在转角处——他说：‘安妮死了。’接着他发现房间里还有其他人后就缄口不言，转身离开了。除非他知道她已经死了，不然他为什么会这么说？他解释说我们误会了他——他当时是在说自己3年半前死去的妻子安妮。你怎么看？”

“他对阿米蒂奇小姐这么说，是以为那里只有他们两个人是吗？”

“我是这么理解的。但他没有这么说——他对阿米蒂奇小姐只字不提。我是在听莉拉·乔斯林夫人说了之后才明白过来的。她打电话过来问发生了什么事情。是她提到了阿米蒂奇小姐。”

希娃小姐说：“这一定使她非常震惊。可怜的姑娘，看起来一点也不坚强。”

“你认识她？”

“我见过她，一个非常迷人的女孩儿。”

“你认为她和菲利普爵士之间有什么不同寻常的关系吗？看起来像是有，他不顾一切地跑去找她。如果是这样的话，那他的动机就很明显了。他说自己迫不得已和那个女人生活在一起——不知道她到底是不是自己的妻子，没有证据能证明她不是——这是一个非常明确的动机。”兰姆停顿了一下，补充道，“他的左轮手枪不见了。他承认昨天晚上还看到了它。对此你怎么看？”

希娃小姐对侦破这起案件没有任何抵抗力。她认为这是一起非常有趣的案件，而且毫无疑问是由实力最强的人负责侦破。她的声音里流露出一种完全发自内心的赞叹，友好地对兰姆笑了笑，并说：“感谢你能让我知道案件后续发生的情况。我真的很感兴趣，特别是昨天发生的一件怪事之后。”

弗兰克·阿博特觉得有些好奇，莫德在要什么把戏？当他想到这个说法会使她大吃一惊的时候，内心不禁一阵抽搐。她会吗？谁都不了解莫德。

兰姆没有表现出一丝好奇的样子。他语气淡淡的，很随意，说：“噢，是的——你不是有事想告诉我吗？”

希娃小姐稍稍有些责备地说："有件事我觉得有必要告诉你。"

"好吧，我洗耳恭听。"

希娃小姐眼里的责备变得更明显了一些。督察觉得有一种稍纵即逝的错觉，他觉得自己又回到了学校，等下要受到老师的批评了。这感觉非常强烈，他可以很清晰地看到乡间学堂里，空空荡荡的教室——狭长的房间，脸颊红润的乡村孩子们，夏日敞开的窗子倒映着清澈的晴空和蜜蜂闪动翅膀发出的嗡嗡声，黑板，老师的脸……佩恩小姐——他已经好多年没有想起她了……回忆像走马灯似的一闪而过。回过神后，他发现自己坐了起来，恭恭敬敬地看着希娃小姐。

"昨天下午，太阳出来了一会儿，我便走到窗前向外看。乔斯林夫人——为了方便，我先这么称呼她——正沿着街道往这边走。"

"什么？"

希娃小姐歪了歪头，说："她在对面的人行道上停了下来，站在那儿抬头看着蒙塔古大厦。她就那样定定地站了一段时间，抬头张望。我小心地站在窗帘后面，她没有看见我。我不知道她是否有意要进来。如果她这样做了，她可能还活着。她可能已经预感到了危险，但以为那个危险不会来得太快。我已经确定，她是打电话给贾斯·奥尔巴尼的妻子，也就是珍妮丝·梅德夫人那里得到了我的住址。我就是在她家遇到阿米蒂奇小姐的。"

兰姆皱眉看着她问："就这些？"

"不是。乔斯林夫人被人跟踪了。"

兰姆说："什么！"这次他的声音更为尖锐。

"跟踪她的是一个身穿破旧的棕色外套，头上裹着一条棕色和紫色相间的围巾的姑娘。她看起来很年轻，17岁上下的样子。我得说她是临时决定跟踪她的，因为她脚上穿着室内拖鞋。"

"你怎么知道她是乔斯林夫人？"

"她从法国回来的时候，所有的报纸上都刊登了她的画像。我绝对不会看错。除此之外，还有我和她说话时她的态度……"

"你和她说过话？"

"打过电话——我正要说这件事。我知道，警方已经认定柯林斯小姐是死于一场意外的交通事故，所以不会再对乔斯林夫人的动向感兴趣了，但她又被跟踪的事情引起了我的注意。在任何情况下，我认为年轻女孩都不会被警方雇用去追踪别人，所以我认为这件事有些蹊跷。我近身的女佣艾玛·米朵正好要出去邮局，我便让她跟着那个女孩，看看她要去哪里。"

"然后呢？"

"她一直跟着姑娘和乔斯林夫人，直到乔斯林夫人拦下一辆路过的出租车。我想她一定是回了公寓。那姑娘转过身，往另一个方向走去。艾玛一直跟着她，但不幸的是，在一个拥挤的拐角处，她跟丢了那个姑娘。当艾玛——从人群中挤出来——她年纪大了，而且体形也不小——就发现那个姑娘不见了。她可能进了某个商店，也可能上了公共汽车。"

"那是什么街？"

希娃小姐告诉了他，弗兰克·阿博特把它记下来了。她继续说：

“那之后，等喝了下午茶，我就给乔斯林女士打了个电话。”

“你为什么这么做？”

“我仔细想了想，既然她被人盯上了，那对方肯定不会是警察。我也问过自己为什么对她这么关注，答案很简单，我认为她有同伙——我无法接受警方对柯林斯小姐的死亡原因所下的结论——而且我认为她的同伙对她也不完全信任。如果对方知道了她打算见我的意图，那么她的处境将会极其危险。我的名字不为公众所熟悉，但自从哈希案件以来，也许乔斯林夫人的同伙已经知道了她打算去找的是什么人。我再三考虑后决定打电话提醒她。如果她有意和她的同伙分道扬镳，我认为应该鼓励她这样做。”

“你给她打了电话，她说了什么？”

希娃小姐表情严肃地摇了摇头，说：“她的情绪很不稳定。但一直装出一副自信的样子，说不明白我在说些什么。我主动提出要来看她，她犹豫了一会儿，最后很快地把电话挂断了。我想她是害怕了，但她已经下定决心去做她打算做的那件事了。”

兰姆咕哝着站了起来：“事态并没有完全脱离我们的掌控，不是吗？”

第三十二章
沉默

扫码听本章节
英文原版朗读音频

莉拉·乔斯林在午餐后去了小卖部，她一直在那里做义工。佩勒姆·特伦特在她离开后回到了房间：“介意我在这儿待一两分钟吗？”

琳德尔说：“不介意。”听不出她说的是不是真话。她想一个人待着，她又害怕一个人待着。她想为死去的安妮哀悼，但她不知道自己是不是真的想这么做。她独自一人时，就会回想起过去的日子，那时的安妮是她在世上最爱的三个人之一。一种温暖的悲哀感涌上心头，融化了身体里冰冷的战栗。是的，她必须一个人待着。她抬头看着佩勒姆·特伦特，泫然泪下。

“你应该休息，”他飞快地说，“不要想着出门或做任何事情，现在你就应该休息。”

她说：“好的，我会的。”然后又说，“我希望能知道更多。莉拉不知道接电话的是谁，那个男人没有告诉她任何事情——只说安妮死了。你认为这是个意外吗？前天我还和她一起喝茶——她那时还好好的。”琳德尔说话时，被泪水装点得闪闪发亮的眼睛一直盯着他，神情显得有些紧张和可怜。

佩勒姆·特伦特说：“亲爱的——我很抱歉——这件事的确令人难以置信。要不要我去帮你查一查？毕竟从这儿过去，步行只需要5分钟。”

“我不知道……不——菲利普可能不喜欢这样。”她伸出一只手，把头发往后拢了拢说，“你真好。”

他摇了摇头说：“我没必要去她的公寓。如果乔斯林在那里，他肯定不想被打扰。我可以问问门童——但是，不行——这样估计也不行。”

琳德尔说：“算了。我打电话问他吧。毕竟我们是亲戚——有权知道这件事，菲利普不会介意的。”

阿博特警探接了电话，但琳德尔不知道。她以为那个声音——可能是菲利普的某个朋友。

弗兰克说：“稍等片刻，阿米蒂奇小姐。”她听到电话里响起一阵离开的脚步声，之后随着脚步声又回来，一个男人的声音在耳边响了起。

“你是从莉拉·乔斯林夫人的公寓里打过来的吗？”

“是的——她出去了。你能告诉我安妮出了什么事吗？在什么都不知情的情况下，胡乱猜测太折磨人了。”

弗兰克·阿博特随即想到，也许知道后会更折磨人。他说："你知道她已经死了吗？"

"知道。"

"是菲利普爵士告诉你的吗？"

"是的——但没说具体情况——请你……"

"那你一定要做好心理准备，她被人枪杀了。"

"噢——"她沉默了片刻，然后说，"她是自杀？"

"不是——有人开枪打死了她。"

"是谁？"

"我们还不知道"

她狐疑地问："你是谁？"

"阿博特警探。目前警方在这里取证。"

她停顿了一会儿又问："菲利普在那里吗？"

"不在。"

她又说了句："噢——"

过后，她挂上听筒，转过身看着佩勒姆·特伦特，脸色十分苍白。"佩勒姆……"

"我知道——我都听到了。真是件可怕的事情！快过来坐下。"

她让他把自己扶到椅子上，靠着椅背。片刻的沉默后，她说："这对菲利普来说太可怕了——对她来说太可怕了——可怜的安妮……"一阵猛烈的战栗掠过琳德尔的全身。

特伦特眉头紧锁地看了她一会儿后，往房间的另一边走去。

琳德尔内心各种情绪交织在一起，五味杂陈，她甚至觉得如释重负。她想一个人溜走躲进一个黑暗的角落，但她不能这么做。震惊之后，她想到了菲利普。她现在所做的事和所说的话对菲利普来说都是至关重要的。她为他感到害怕，想竭尽全力帮助他。

她试图集中精神，把整件事情梳理清楚。这使她陷入沉思，直到听到声音才意识到佩勒姆·特伦特回来了。

“琳恩——你还好吗——你没晕倒吧？”

“我没事……”她回答得含糊不清。思绪刚从很远的地方被拉了回来。

他搬了一把椅子，挨着琳德尔坐下来。

“琳德尔，请听我说。我现在不想打扰你，但我不能让你一个人待着。如果这起谋杀案件，警察随时都有可能过来。因为很不幸，莉拉向他们提到了菲利普·乔斯林来过这里，并说了些什么。更不幸的是，她告诉了警察那些话都是对你说的。警察肯定想知道他为什么要来这里——为什么他要告诉你他的妻子死了——为什么他一发现莉拉和我在这里就匆忙离开了。我想告诉你，一般这种案件，丈夫或妻子总是第一个被怀疑，还会被世人谈论。为了菲利普·乔斯林和你自己，你不能掺和进去。这个案件是安妮·乔斯林回来后最令人震惊的事——亲爱的，你自己心里也明白。如果警方把菲利普·乔斯林喜欢你，或者和你之间有什么不同寻常的关系联系在一起，那对他来说——也许将是更糟糕的事情。你一定要非常小心。菲利普和安妮·乔斯林是你的表亲，你非常喜欢他们俩——这才是你要说的话。记得把这个也加进来，你曾是她的伴娘。还有——噢，亲爱的，别用看着我的表情那样看着警察。”

“不，我不会。对不起……”

特伦特用听上去令人安心的声音说：“你会没事的。不要多说一句话，不要告诉任何人任何事，不要和任何人讨论任何事情。我是你的律师，这是合理的法律建议。还有一件事，我怕你不会愿意，不要见菲利普·乔斯林——如果你见他了，不要和他讨论任何事情。”

琳德尔的睫毛低垂，目光暗淡下来。特伦特觉得她有些退缩和犹豫。于是，他继续不遗余力地说服她道：“你不知道在这种情况下那些使人误会的话代表的意思；你不知道自己面对的是什么；你不知道就一个字会对你造成什么样的伤害；你不知道改变事态走向有多么容易。警察会讯问你，你必须记住只回答他们的问题就好。说‘是’，或说‘不是’。不要再扯别的了。”

“你觉得我会说什么伤害菲利普的话吗？”

“这轮不到你来说。你不知道什么话会给他带来什么伤害。你最好别掺和进去。别让他告诉你任何事。你知道得越少越好。”特伦特一直用近乎耳语的低沉嗓音说话，现在又恢复了正常的音高，说，“好了——我想说的就是这些。只要保持理智，保持缄默，一切都会好起来的。菲利普·乔斯林应该马上会和科德林顿联系——他可能已经这样做了。如果他还给你打电话或者再过来，就把他推出去。你要记住——不要多说一句话。”

琳德尔费力地睁开刚刚已经闭上的眼睛，说：“谢谢你。”又道，“佩勒姆，你现在可以出去一会儿吗？我不想再谈论这件事了。”

他赞许道：“坚持下去，一切都会好起来的，不用担心。我不是这么说菲利普·乔斯林来吓唬你的。如果他那个时候在陆军部，肯定会有一个无懈可击的不在场证明。我们要避免的是像安妮·乔斯林的身份这样的事情，不能让媒体制造出任何丑闻。”

特伦特离开后，琳德尔坐了起来。她放在膝上的手紧紧地扭着，脸色苍白。她呆若木鸡地愣了很长时间，最后她站起身来，走到电话机旁，拨通了珍妮丝·奥尔巴尼的号码。

第三十三章
坦白

扫码听本章节
英文原版朗读音频

门铃响起，埋头织袜子的希娃小姐回头看了看。壁炉台上时钟的指针指向三点半。她并没有期待任何人会来拜访她，所以一直坐在炉火旁边织袜子，一边怀着遗憾的心情思考乔斯林夫人的悲惨命运，她不是乔斯林夫人，而是安尼·乔伊斯。接着，她听到艾玛相当低沉的声音传了进来，她打开客厅的门问道："您要见一见阿米蒂奇小姐吗？"

希娃小姐小心翼翼地把织了一半的袜子放在椅子的扶手上，起身迎接访客。是那个她曾在珍妮丝·奥尔巴尼家里交谈过的女孩儿。她穿戴着一色的深绿色外套和帽子，但脸色看起来比在那个茶会上更苍白，更虚弱。黑亮的睫毛下那双灰色的大眼睛盛满了痛苦，她说："珍妮丝告诉过我，你很善良……"

“也许是吧，亲爱的。不坐下来吗？你是想先和我一起喝杯茶，还是先告诉我我能为你做些什么？艾玛马上就能准备好茶点。”

琳德尔摇摇头说：“珍妮丝让我来找你，虽然她并不知道为什么。她只知道我们有麻烦了，因为——安妮死了。”

希娃小姐又回到座位上，开始织袜子。编织针发出温和而舒缓的咔嗒声：“是的，亲爱的，我知道。你说的是乔斯林夫人。”

略微的惊讶使琳德尔苍白近乎透明的皮肤立刻充满光泽：“你是怎么知道的？珍妮丝说你什么都知道。你知道她被枪杀了吗？”

希娃小姐递给了她一个亲切的眼神，说：“是的，我知道。”

“那她是被人谋杀的吗？”

“是的。”

随着一阵急促的呼吸，琳德尔接着说：“那你能告诉我我该怎么做吗？珍妮丝说……”她呼吸放慢了，脸色又变得苍白起来。

“她说了什么？”

琳德尔摇了摇头表明自己无法解释，然后她说：“如果我告诉你一些事情——你会告诉警察吗？”

希娃小姐说：“这取决于你说的内容。”

琳德尔坐在那里看着，她灰色的眼睛里满是疑问：“警察知道谁是凶手吗？”

“不知道。如果你知道什么，阿米蒂奇小姐——任何能帮助抓获罪犯的事情，你都不应该藏着掖着。我想你的确知道一些事情，否则你就不会来找我了。”

“我不知道会不会有帮助。这就是为什么我来找你的原因——

我觉得你可以帮助我——但这太复杂了——恐怕……”琳德尔突然开口道。

希娃小姐已经停下手中的活计，神情严肃地看着她说：“阿米蒂奇小姐，我告诉你一件事。昨天下午，乔斯林夫人来找我了，就站在这栋公寓对面的人行道上。她站在那儿等了一段时间。我想她是在决定要不要与那些危险的同伙决裂。我相信她是专门前来见我的，如果她能进来见我，那她现在就不会死。后来我给她打了电话提醒她，但她已经做出决定了。”

琳德尔伸出手放在自己的喉咙上，低声问道：“是关于柯林斯小姐的事吗？”

“阿米蒂奇小姐，如果你知道任何与内莉·柯林斯的死有关系的事情，请你告诉我。现在已经有两个人死亡了。你知道的那些信息可能对你来说，会像柯林斯小姐和乔斯林夫人一样引来杀身之祸。”

琳德尔把手放回腿面上。“并不是因为我害怕，”她像个孩子一样说道，“是因为菲利普。这对他来说太可怕了，任何关于安妮的事……”

希娃小姐给了她一个微笑。这微笑自带一种非常鼓舞人心、振奋精神的效果：“亲爱的，真相是令人痛苦的，但也能让人明理。在刑事案件中，善意的欺骗和隐瞒证据都是极其危险的。有时我们必须要面对痛苦——的确，菲利普·乔斯林爵士可能不得不面对很多痛苦。如果你隐瞒任何可以把危险的罪犯绳之以法的证据，那么你根本帮不到他。”

琳德尔直视着她说："佩勒姆说警察可能怀疑菲利普是凶手。是这样吗？"

希娃小姐没有回答这个问题，她问："佩勒姆是谁？"

"他是为菲利普服务的律师事务所的合伙人。现在那家事务所里只有他和科德林顿先生了。菲利普过来和我说安妮已经死了的时候，佩勒姆也在场。他说我不应该和任何人多说任何话，因为菲利普可能会被怀疑成凶手。莉拉出去之后，他跟我聊了很久。"

"他知道你要告诉我的那些事吗？"

"噢，不，他怎么可能知道。"

"你肯定他不知道吗？没有人知道？"

"安妮知道。"

"你跟她说过？"

"是的。"

"因为这件事和柯林斯小姐有关？"

"是的。"

"她说了些什么？"

"她说这件事会影响到菲利普……"琳德尔的声音有些颤抖，"我——答应她——不会说出去。"

稍稍停顿后，希娃小姐说："我认为你现在不能信守诺言了。"

琳德尔再次轻轻地摇了摇头，说："嗯，我现在不想再藏着它了。佩勒姆走后，我考虑了很久。然后我打电话给珍妮丝，问她关于你的事。她说你是既公正又善良，她说我可以相信你——我相信你。事情是这样的。那还是在菲利普和安妮搬家之前，我想应该是 12

号——12号，星期三。听说有家商店里能买到搪瓷炖锅，所以我去看了看，想买给莉拉。但那家店里并没有那种锅。在我回家的路上，我看到了安妮——至少我认为她是安妮。她背对着我，她刚刚走进一家店铺——一家名为‘Fenlise’的理发店。”

希娃小姐声音明亮地说：“在夏洛特街上？”

琳德尔纳罕道：“你怎么知道？”

希娃小姐说：“上帝保佑，阿米蒂奇小姐，我对这太感兴趣啦。”

琳德尔心想：“她真的什么都知道。”奇怪的是，这想法并没有吓到她，反而给了她一种支持的力量。如果她说错了，希娃小姐就能纠正自己。她继续说道：“我不确定她是不是安妮，也不确定她有没有看见我。我不愿让她多想——所以跟着她进了理发店。她不在前台。柜台后面的服务员很忙——没有管我。我就想安妮是不是在里面的小隔间里，但她也不在那儿。走廊的尽头有一扇门——是一扇镶着金子的门。我打开一看，门里是一条狭长昏暗的通道，还有一个通向上层的楼梯。最尽头的那扇门，关得不是很紧——门缝儿还透出一丝光线。我走过去，听到安妮说：‘你不妨让我写信给内莉·柯林斯。她对我们没有威胁。’一个男人说……一个男人说……”

“继续，亲爱的。”

琳德尔盯着她，嘴唇轻启：“他说：‘这还轮不到你来说。’”

“然后呢？”

“我跑了出去。”她深深地叹了口气，似乎又醒了过来，“我吓坏了——我想我这辈子从来没有这么害怕过。这太傻了……”

希娃小姐说："我不这么认为。"

一时间房间里鸦雀无声。琳德尔坐在扶手椅里向后仰着，闭上了眼睛。她觉得自己好像在爬一座又长又陡的山坡。现在她到达山顶了，却喘不过气来。她害怕越过边界，去看山的对面到底有什么。

希娃小姐的声音打断了她的思绪："你告诉了乔斯林夫人你听到的内容？是什么时候？"

琳德尔睁开眼睛说："我在报纸上看到柯林斯小姐的名字的时候。"

"你能告诉我她说了什么吗？"

琳德尔告诉了她，声音很轻。她脑海里像过电影一样浮现出许多画面，安妮在倒茶，安妮跪在壁炉边，安妮请求她不要伤害菲利普。"她说我听错了，这件事可能会影响到菲利普，所以我答应了她不告诉别人。"

"我明白了。阿米蒂奇小姐，你了解乔斯林小姐吗？我不是说她回来之后，而是她去法国之前。"

她被话题的变化吓了一跳，坐起来说："我们当时一起住在乔斯林庄园。她母亲去世后，她就留在那里了。她来庄园之前我们谁也不认识她。她很成熟，我却很任性。她对我很好，我爱她。当得知她和菲利普订婚的时候，我觉得很美妙。我还是她的伴娘。"

"既然你们都是女孩子，还住在一起，一定会进出彼此的房间，互相试穿彼此的衣服。你能告诉我乔斯林夫人身上有没有可以被人辨认出来的标记？"

“噢，不，她没有。她回来后，所有的亲戚都问过我这个问题。没有任何标记。”

希娃小姐目光锐利地说：“如果她的左膝上方有一个6便士大小的棕色的痣，你会注意到对吗？”

“当然。但她没有那个东西。”

“你确定吗？这非常非常重要。”

“是的。我非常——相当——确定。”

“你能发誓吗？我想你会被要求这样做的。”

琳德尔把双手紧紧地压在膝盖上：“我可以。”然后慢慢地说，“但我不明白你是什么意思。可以告诉我吗？”

希娃小姐严肃地说：“今天死去的那个女人有一颗我刚刚说过的痣。我想柯林斯小姐知道安尼·乔伊斯腿上有这颗痣。乔斯林夫人确实于三年前去世了。”

第三十四章
追查

扫码听本章节
英文原版朗读音频

“我希望派警力保护她。”希娃坚定地说。

电话的另一端，督察兰姆掏出手绢擤了擤鼻涕，发出了令人恼怒的噪声。

“现在，希娃小姐……”

她咳嗽了两声，继续说道：“我认为这是最稳妥的办法。我告诉你理发店的地址，名字是 Fenlise，在夏洛特大街……你再说一遍？”她异常惊讶地问道，“你听过这个名字？”

“我不太熟悉。菲利普爵士曾说过，他的妻子昨天下午有个做头发的预约。我们问他安妮前一天的动向时，他说听到了她打电话给那家店做预约。他回家进门时刚好听到了那个人的名字，安妮解释说那个人是她的理发师。真是个非常好的伪装。”

“那里真的是一家理发店。就是在那家店的转角处，艾玛·米朵跟丢了那个跟踪乔斯林夫人的姑娘——或者，我想我们现在可以叫她安尼·乔伊斯了。”

总督察又擦了擦鼻子，说道：“所以，你最好留住阿米蒂奇小姐，我派弗兰克过去。但你得让他自己得出结论，可以吗？你别介意我说话直，他太容易因你的想法左右自己的观点了。”

兰姆语气里的不满表现得很明显，希娃小姐回答道：“我不认为阿博特中士容易受到我的影响——除了受到案件的真相影响。”她加重了话里“真相”一词的声调。

兰姆笑着挂了电话。

“好吧，面对真相我们都无话可说。如果弗兰克得到了满意的结果，那么店里的人就没有什么嫌疑了。我马上派人去查一下。”

阿博特警探抵达蒙塔古大厦后，及时了解了琳德尔·阿米蒂奇小姐掌握的情报。

“希娃小姐，她在哪儿？”

希娃小姐正在织约翰尼的第二双袜子，她回答说阿米蒂奇小姐正躺在床上：“在隔壁的卧室里。她现在很脆弱，这件事使她经受的打击不小。”

弗兰克赞赏地看着她：“如果我现在引用华兹华斯或丁尼生的诗句，你会生气吗？‘一个完美的女性，天意高超地安排，给我们安慰、叮咛和告诫 [注：此处为诗句。]。’”

希娃小姐慈爱地笑了。她听得出弗兰克语气里有一丝嘲弄的腔调，但她没有任何不满的情绪，只是严肃地说：“我亲爱的弗兰克，我们现在还没有时间去讨论诗人。我把阿米蒂奇小姐留在这里，是因为我觉得她没有人保护独自回家是不合理的。她告诉我，她的表嫂佩里·乔斯林的妻子在十一点前不太可能回家，公寓里的女佣每天下午三点就离开了。我认为在这种情况下，把她单独留在那里是极其危险的。”

“你为什么会认为她有危险？”

“我亲爱的弗兰克！前天下午，她告诉了安尼·乔伊斯自己无意间听到了她和一个男人的对话，虽然只有两句，但还有什么比这个更危险的？‘你不妨让我给内莉·柯林斯回信。她对我们没有威胁’和‘这还轮不到你来说’。这两句话是柯林斯小姐发生事故的明确证据，暗示安尼·乔伊斯不被允许给内莉·柯林斯回信，还表明了安尼不是主谋，只是一个服从上级命令的下层间谍。安尼·乔伊斯知道被阿米蒂奇小姐偷听到是极为严重的事，她竭尽所能保持镇定，告诉阿米蒂奇小姐是她误会了，让她不能把内莉·柯林斯的名字宣之于口，免得遭受舆论的恶意造谣。尤其是菲利普，他不能再被舆论影响了。”

“这是前天发生的事？”

“是的。昨天下午，安尼又去见了那个给她下达命令的男人。我认为她不可能不把阿米蒂奇小姐的事告诉他。有一些证据表明，这次见面后他非常不安，所以派人在安尼离开后跟踪了她。如果她告诉他，他们之前的一次对话被人偷听了，他也许会认为作为间谍，她会暴露的可能性极大。德国特勤局会毫不犹豫地抹杀一名间谍，来使自己的损害降到最低。如果那个人知道了是阿米蒂奇小姐偷听到了他们的谈话，你肯定也知道她现在的处境有多危险，在我们抓住这个人之前，她应该得到最充分的保护。”

弗兰克·阿博特双手交叉放在脑后。

“好吧，我们会保护好她的。但是，头儿认为你在转移我们的注意力。他认为是菲利普·乔斯林射杀了那个女人。有些证据——不，不是证据——有一些迹象表明了他的动机。假设他爱上了这个叫阿米蒂奇的女孩儿。我所了解到的情况是，那些住在乔斯林庄园附近的人告诉我，安尼·乔伊斯假扮乔斯林夫人出现在大家面前时，每个人都期待她能和菲利普爵士重新办一场订婚仪式。但菲利普·乔斯林一直声称自己不认识她，她不是自己的妻子。虽然，他似乎已经被说服了，他们还搬家到了城里。后来他又发现了一些不对劲的地方，同时军事情报处也向他表明她是一个敌军间谍。这真的很令人难堪，你不觉得吗？从法律上来说她是他的妻子，他也接受了她，只是迫不得已接受的——或者在心里根本没有接受——他没有证据证明她不是真的。紧接着，他知道了自己的文件上全是她的指纹，你不觉得他可能会突然爆发然后开枪吗？谋杀有时就是这么发生的。不管怎么说，头儿认为这就是事实——我刚才对你说的话都是警方内部的消息，不能告诉外人。当然，还有作案时间上的问题，菲利普·乔斯林是在 8 点 40 离开的公寓，之后洗衣店的男人来了，很快就又走了，邮递员和那送牛奶的男孩按顺序，都是在 9 点之前来的，修理匠们 9 点后一直在屋外修补天窗，直到 12 点。”

希娃小姐的编织针飞速碰撞着，长长的灰色袜子随之不停地上下摆动："查到是哪一家送洗衣物了吗？"

弗兰克摇了摇头说："楼里的两大批租户都离开了，那个人可能只是上去看了看，发现他进不去后又离开了。"

希娃小姐怀疑道："噢，不，他不会这样做的。如果是这种情况，他会把篮子交给门童的。"

"嗯，他可能会吧。但波特说，现今人们对新租客不太信任——他们喜欢送货上门。"弗兰克挑起眉毛，"看来你又把心思都放在洗衣工身上了。"他站了起来，身材纤瘦修长，"好吧，我得去看看阿米蒂奇小姐。接着我还得去和理发师交涉。祝我好运吧！"

第三十五章
证人

扫码听本章节
英文原版朗读音频

琳德尔被一个身材魁梧、面相和气、说话慢条斯理的警察护送回家。在回莉拉·乔斯林公寓路上的 20 分钟里，那警察和琳德尔谈论了自己的妻子，她的名字叫黛西，和他结婚之前还是一名主持人。他们的 3 个孩子——厄尼，7 岁，在班级学习成绩优秀；艾丽，4 岁；而最小的斯坦利下周就要 6 个月大了。紧张的时候，这些细微的、无关紧要的小事可能不会引起太多注意，但也可能会成为不可磨灭的回忆。琳德尔永远都不会忘记，厄尼 4 岁就会看书，还有小艾丽只要看到猫就会尖叫。那警察原本觉得女儿的这个怪癖没什么问题，但他的妻子却说，要在家养一只猫，不能让女儿这么娇气。

之后，他们回到公寓，琳德尔安顿警察坐在厨房的壁炉前，还给了他几份报纸，而她自己则是坐在L形状的客厅里，想着莉拉回家前还有很长一段时间。

不久后，弗兰克·阿博特给他的上司打了电话。他说："长官，我见了阿米蒂奇小姐。她很清楚她听到了什么。问题是，当时她根本不确定她跟进理发店的那个女人是不是所谓的乔斯林夫人，因为她只看到了背影。事实上，她看到的是和乔斯林夫人相同颜色的头发、相同款式的外套，还有相同颜色的连衣裙。但是在伦敦，有太多穿貂皮大衣、发色相同、连衣裙颜色款式相同的女人了。总之，阿米蒂奇小姐当时并不确定，这也是她跟踪乔斯林夫人的原因——她想确定是不是她。她不敢断言她在那扇没有关严的门前听到的那个声音是乔斯林夫人的，但她觉得像。她能确定的是那个女人说的话：'你不妨让我给内莉·柯林斯回信。她对我们的威胁不大。'一个男人回答说：'这还轮不到你来说。'这就是她听到的，也是她告诉安尼·乔伊斯的话。这个消息对安尼·乔伊斯来说肯定会让她坐不住的，也许她会联系自己的上级，我同意老师的观点，保护好这个阿米蒂奇女孩。"

兰姆笑道："你总是同意她的观点——这不是什么新鲜事。"

"哦，不，先生，没有总是——只有在头脑清晰的时候才会。"接着，在兰姆想明白他这句话的意思之前，弗兰克接着说，"我现在用的是理发店里的电话——在阿米蒂奇小姐提到过的那个走廊对面有电话的房间里。克拉克正在店里疏导店员的情绪。这家店的店长叫杜邦，是一个法国胖女人。她非常生气，骂骂咧咧的——说她有生之年从未受到过这种侮辱。乔斯林夫人只是名顾客——

噢，但可以肯定的是——她的发质很差，需要格外注意小心护理。她的丈夫菲利克斯·杜邦——也就是这家店店名Félise的出处——他偶尔会在办公室里会见一些特殊的客人。也许就是在办公室里见过乔斯林夫人——她是个非常特殊的客人。但她昨天没有见过他，这星期里她都没有见过他，因为菲利克斯生病了，卧床不起，十分痛苦——是上次战争期间受伤的后遗症。他身体不好，所以他只能偶尔来店里，分享一些宝贵的经验。其余的时间里，杜邦夫人需要全权负责所有的事情，回家还要照顾她的丈夫。但是，你还记得老师说过那个跟踪安尼·乔伊斯的那个女孩吗？——她说，她穿了一件棕色的外套，头上围了一条棕色和紫色相间的围巾——伦敦的姑娘们，随便拎出来一个都有几件棕色的外套，以及颜色相近的围巾，你看这样就能联系起来了。老师家的艾玛看见那个女孩儿后就去追她，而追到这儿的拐角处之后就跟丢了。”

兰姆哼了一声说：“我们得看看他们能不能把这个女孩指认出来。”

“没必要，先生。我让她单独待着好好想想，然后她就承认了。她十六岁，情绪非常激动。她说不知道自己做错了什么。是费利克斯先生让她穿上衣服去跟踪乔斯林夫人的，回来后还奖励她了半克朗[注：此处为英国货币的一种。]。我问她：‘是杜邦太太的丈夫让你去的吗？’她说：“噢，不——不是他，是另一个绅士让我去的。’”

督察惊呼道：“什么？”

“是的，先生。让我继续和您说完——我由此得到一个结论。

菲利克斯先生偶尔会来店里帮忙。他是个技艺高超的理发师，只为一些特殊的客人服务，但他身体不好，不能常来。而费利克斯先生也会见一些特殊的客人。他从不穿过店面，都是从后门进去。客人们必须得给他留言，预约成功之后才能见面。一般都是由店长接听预约电话。如果店长不在，那店员们必须要把预约内容记下来，店长回来后亲自送到他的办公室去。这就有些让人想不通了［注：此处原文为法语。］……”

督察咚咚敲打着自己办公室的桌子，说：“如果你连母语怎么说都没学会，最好现在就滚回学校去！”

“抱歉，督察——是我的错——我不该这么说。总之，这里所有女孩都没有见过费利克斯先生。他进出都是在后门，从来没有去过理发店的前面。而菲利克斯·杜邦先生每次都是从前门进出——只要他进来，店员都能看到。但是，除了店长杜邦夫人和事先预约的女士们，没有人见过费利克斯先生。”

“那关于他派那个女孩儿跟踪乔斯林的事呢？”

“嗯，我问过她，她说是杜邦夫人告诉她，费利克斯先生想让她去跟踪乔斯林夫人，事后也是杜邦夫人给了她半克朗，还让她管好自己的嘴巴。毕竟这不是什么光彩的事，费利克斯先生能给她奖励，就希望她能守口如瓶，乖乖地回家去，不要作声。他还说，如果她说漏了嘴，会吃不了兜着走的。”

“所以她照做了？”

“我觉得她没必要违抗他的话。这女孩儿是这么想的——客人只是她工作的一部分。她真正在乎的是哪位客人会和她们一起合影，哪位客人总是使用店里的优惠券，好让她们也能从中捞到些许油水，买双真丝袜子。”

兰姆督察听后直庆幸自己的女儿不是这种姑娘。

“就是这样，先生——那些女孩儿们都是这么想的。这姑娘没什么问题。她只是太害怕了，说起话来没遮没拦的。我认为我们应该控制住杜邦太太，然后我要亲自去会会那位神龙见首不见尾的费利克斯先生。”

第三十六章
争执

扫码听本章节
英文原版朗读音频

时间过得很慢。琳德尔发现，就像无数的女人发现的那样，她没办法让它过得快一些。她没办法看书，没办法刺绣，没办法听无线广播，因为做这些事情，必须静下心来。在与希娃小姐和阿博特警探的交谈中，由于他提到了他的家庭，琳德尔的脑子里总是时不时地短路，只能表面上做出些回应，证明自己没有走神。但每当她独自一人的时候，她刚刚发现的无法扭转时间的真理，又变成了一个假命题。有些令人震惊的事情会立刻被人们所相信，什么冷静，什么正常的思考，在听到消息的一瞬都已经不重要了。但也有一些令人震惊的事情不会被人们所相信，只是听过后却忘不掉，它们会像个影子一样，随时随地溜进你的脑子里。琳德尔并不处于以上两种情况。最初的震惊的确让她无法相信或做出判断，但随着时间的流逝，她发现自己相信了一些让她寒心的事实。

她起身，走到电话边，手指拨下第一个数字后足足拖了有半分钟的时间，再不拨后面的号码电话就会占线。她挂上听筒，转身回到刚刚坐的椅子上。她做不到。也许到明天，等自己的身心平静下来，脑子也能正常运转的时候再打也不迟。今晚不行——现在不行。一旦说出口，就覆水难收了。

5 分钟后电话铃响了，她颤抖着肩膀跑过去接听。听筒里是菲利普呼唤着她的名字。"琳恩——是你吗？"

"是——"琳德尔第一次没发出声，又说了一遍。

"你现在是一个人吗？我想见你——非常想。我马上就过来。"

菲利普挂断电话，留她愣愣地呆在那里。直到想起来，他一会儿要过来，自己得过去给他开门时琳德尔才回过神。她穿过大厅，在半开着的厨房门前停了下来，对里面的人说："我表哥——菲利普爵士，等下要来见我。"

门铃被按响之前，整个屋子都静悄悄的。琳德尔伸出食指放在嘴唇上开了门，又指了指厨房的方向。

菲利普很惊讶，他脱掉外套挂了起来，等他们进了客厅后便问道："怎么了？谁在这里？"

"厨房里有一名警察。"

"为什么？"

"因为我无意间听到了一些事情，他们不知道她是不是——安妮是不是……"

菲利普打了断她，说："她不是安妮，现在已经确定了。她是安尼·乔伊斯。”他停顿了片刻，又说道，“我找到了安妮的日记。”

“她的日记？”

“是的。我知道她一直在写日记——我想你也有这个习惯。但直到几天前，我才知道她会在日记里写下所有的事情……”菲利普哽咽道，“琳恩，简直太不可思议了！我不想看它——真的不想。但我必须得看看那些安尼·乔伊斯告诉我的事情——那准确到让我怀疑自己直觉的事情——原来我的直觉一直很准确。我向安妮求婚时说的话——我们度蜜月时发生的事——那些除了她本人别人都不知道的事情——安妮把这些都记了下来。而安尼·乔伊斯把这些事全部背了下来。”

琳德尔看着他，心里涌出一股莫名的冲动。插进他们之间的陌生人终于离开了，她从来都不是安妮。以后，她可以肆无忌惮地爱着回忆里的安妮了。但现在她只能出于本能地继续听菲利普解释。

菲利普告诉她自己是怎么找到那本日记的。“我确信她一定会随身携带。但无论她再怎么仔细，也终究会有破绽。是的，我找到了——在她床上两层缝合的床垫中间——针脚很长，所以如果她需要那本日记，不花一分钟就能把床垫撕开。我是在无意间发现那床垫有古怪的。对我来说，她这个做法就已经不打自招了。我就奇怪，为什么她明明已经证明了自己的身份，我却总觉得哪里不对劲。看了日记后我便明白了。安妮是在三年半前去世的。琳恩，你必须得接受。”

琳德尔愿意相信，但她不知道要说些什么。她甚至不知道自己该做出什么反应，好让菲利普知道自己听到了他的话。她的思维又僵住了，只听他说："琳恩，我今早过来就是想和你说这个。安尼·乔伊斯是个间谍，知道吗——专门安插在我身边的。这不仅是冒充一个人，他们都是经过精心策划的。她是一名有明确行动目标的敌方卧底。她昨晚还迷晕了我，偷看了我的文件。"

"菲利普！"

"是假的文件和一本旧的密码书，我们当然不能束手待毙。我猜她是奉命行事的，所以肯定会有人过来和她接头。不管那个人是谁，她已经暴露了。这意味着她的主要目标是窃取文件，而不直接听命于她的组织。最好的情况，就是我们能利用安尼·乔伊斯放长线，钓大鱼——至于不好的情况，是我们只能从她身上获取一些微不足道的情报。敌方组织向来对身份暴露的特工相当无情，我想开枪打死她的那个人——是不是用了我的左轮手枪。毕竟换成我的枪，会误导警方把调查重点放在我身上——他们的确这样做了。"

琳德尔又叫了声他的名字："菲利普！"接着喊道，"他们不会——他们不能！"

菲利普把她揽进怀里，说："醒醒吧，琳恩！他们会的，他们可以。不要再执迷不悟了，勇敢地面对它！我现在的处境很麻烦。科德灵顿建议我现在最好不要靠近你，我也同意了。但我必须要先见见你——我不能让你出事。他们认为这样做很不妥当——我直接从陆军部来的这里，我还说我根本就不清楚安妮是怎么被谋杀的，除非她是在我离开公寓之前就被枪杀了。我说的安妮我是指我的妻子安妮·乔斯林，而不是安尼·乔伊斯时。意思是我承认安妮已经去世，但我对安尼·乔伊斯被枪杀的事情一概不知。琳恩——你一定要相信我！”

“我当然相信你。”

琳德尔开始告诉他自己看到安妮——不，是安妮走进理发店，她在昏暗通道里一扇没有关严的门前听到的事情。

菲利普的态度突然发生了变化：“你听到了？你确定？”

“是的——我告诉希娃小姐了。”

“她是谁？”

琳德尔向他解释了希娃小姐的身份：“然后，阿博特警探也来了，我也告诉了他。我想他已经逮捕了理发店里的人。”

“这是件大事。”菲利普说，“我想你知道这很重要。”

“我知道。菲利普，我之前也告诉过安妮——我是说安尼。”

他惊讶得瞪大了眼睛：“什么？”

“是的，我告诉她了。当时我觉得我必须得告诉她，所以前天我去找过她。”

“琳恩——你这个小傻瓜！那她肯定会告诉他的——那个男人！”

琳德尔点点头：“希娃小姐也这么认为。所以，他们安排警察送我回的家。他现在正在厨房里做填字游戏呢。”

菲利普松了口气说：“好吧，总算有人还不是太笨，”接着门铃再次响了起来。琳德尔觉得门铃的声音仿佛尖锐得戳痛了自己的神经。也许这一次正是她所期待的。

菲利普松开琳德尔的肩膀，他脸色苍白，皱着眉头说：“不能被别人发现我在这里。你猜是谁？如果可以就把他们打发走！”

琳德尔默不做声地点点头。她穿过房间去开门时，门铃声又响了起来，但她还是拖了些时间——她打开了莉拉的保险箱，取下菲利普的外套放在了备用的毯子上，又把厨房的门关起来，以免露出里面的灯光。

之后，她打开了大门，门外站着佩勒姆·特伦特。他马上走了进来，轻松愉快得和平时的他没有两样。

“琳恩，你一个人在家吗？我想见你。莉拉还没回来？”

“没有。她今晚加班，不在家。”

他们就站在门口。特伦特转身关门的时候，琳德尔说：“我也想见你，想问你些事情。”

特伦特转了回来，略微有些惊讶，他说：“好吧，我们去客厅。我不能久留，就不脱外套了。”

琳德尔挡在他和菲利普所在的客厅之间，问：“你知道一家叫 Fe é lise 的理发店吗？”

“我亲爱的琳恩！你在说什么——猜谜游戏？我真的有话想对你说……”

琳德尔怀着沉静的决心，说：“我想你知道。”

“你什么意思？“

她用清晰、平稳的声调说：“知道吗，我跟踪了她。不是因为我觉得有什么不对劲，我只是不愿意让她多想——已经无所谓了。我听见她说：‘你不妨让我给内莉·柯林斯回信。她对我们没有威胁。’你说：‘这还轮不到你来说。’”

他吃惊地呆立在那儿，说：“琳恩——你疯了吗？”

她轻轻地摇了摇头，道：“当时我也不知道那个男人是你——我是今天下午才知道的，你对我说了那句话——用了和那天相同的低沉嗓音说：‘这还轮不到你来说。’我就猜到了。我跟希娃小姐和警察讲了我听到的事情，但我没有跟他们提起过你。我应该告诉他们的，但我想先告诉你，毕竟我们曾经是朋友。”

琳德尔违心地说出了最后一句话，她从没把这个人当过朋友。他陌生，危险——她之前一直处于一个极大的危险当中。在刚刚过去的几个小时里，她的思维一直处于间隙性僵化的状态。现在，在面临危险的冲击下，它恢复成以往的样子。琳德尔放声大哭，她撕心裂肺的哭声引得菲利普来到客厅半开门前的拐角处，引得厨房里那个苦思冥想四个字母组成的单词有哪些的魁梧警察回过了神儿。他从椅子站起来打开房门，看到一个穿着大衣的陌生男人用左手扣着阿米蒂奇小姐的肩膀，右手拿着把左轮手枪指着她。

眼前同样的场面让菲利普·乔斯林也停住了脚步。佩勒姆·特伦特看向菲利普，却没有注意到警察。他的注意力在紧急情况下会异常灵敏，于是一个绝妙的计划迎刃而出。他对菲利普说：“乔斯林，如果你敢动一下，我就向她开枪——这可是你的左轮手枪！你真是傻得可以——以为设下那个圈套就能抓住我了？你们俩早就被我耍得团团转了，逃不出我的手掌心。我想让你知道，你被人耍不是一天两天了。你自以为很了不起，是不是？你的名誉和家族对你来说非常重要。不过，你即将会被登上头条，成为全国人人喊打的过街老鼠——‘自杀殉情——菲利普·乔斯林爵士和他的女朋友’。你可以想想报社会怎么给你们排版。我得再离你近点，让你真切体验一下这种感受。过来，琳恩！”

特伦特把琳德尔拽到身前，慢慢地穿过门厅。琳德尔能感受到左轮手枪冰凉的枪口，正抵在自己右边的太阳穴上。

这就是他想的计划。她就知道他会这么干，但现在她心里想得更多的，是她知道自己和菲利普正处于死亡边缘，只要她摔倒或试图挣脱，就会立刻死去。然后他就会射杀菲利普。但至少现在他不会开枪，因为他开枪的那一刻，菲利普会就可以乘机把他撂倒。琳德尔不知道警察在干什么。她看不到厨房的门。就算警察听到了她的呼救，在他赶来之前，她肯定早已一命呜呼了。

琳德尔已经预想到了眼下会发生的所有状况。她不害怕，因为在脑海里自己已经经历了生死。时间仿佛凝固了一般，琳德尔超越时间之外，看到了某个瞬间特伦特会拿开抵在自己太阳穴的手枪，瞄准菲利普。她像弹簧一样紧紧抓住自己，静静等待着那一瞬间的到来。

来了！她抓住佩勒姆·特伦特的右臂，死死地下拖。与此同时，菲利普一跃而起。一声枪响，在小小的门厅里显得极其刺耳。某个地方的玻璃碎了，佩勒姆脚下的地毯一滑，他们摔倒在一起。琳德尔从横七竖八的腿脚之间爬了起来，跌跌撞撞地站起身，回头看见警察跪在佩勒姆的胸口上，菲利普抓着他的脚踝。左轮手枪从地毯的一角滚到一边，琳德尔走过去捡了起来。她的膝盖和心脏都不约而同地打着战。衣柜上的镜子被打破了，溅得到处都是亮晶晶的玻璃碎片。

她走进客厅，把左轮手枪放在沙发靠垫的后面。她回到门厅后，菲利普回头看了看她，说："我们需要些绳子把他绑起来。绑窗帘的那种就行。快去拿！"

第三十七章 真相

扫码听本章节
英文原版朗读音频

督察用审视的目光看了看坐在他办公桌对面的希娃小姐。他适度的自我满足又加上警官惯有的庄严肃穆，使他那张肤色暗沉的脸透着红光。督察爽朗地开口道：“希娃小姐，我觉得你应该想知道整个案件已经被我们圆满侦破了——办得干净又漂亮。”

希娃小姐腰板儿挺直，正襟危坐，手上戴着一双和她毛皮衣领相同布料的皮手套。她轻咳一声，说道：“那你一定非常满意。”

“是的，我很满意能圆满完成一项工作，你也给我们莫大的帮助。至于那个女孩儿的遭遇，我很难过——她很勇敢。如果不是你的建议，当初我应该不会给她提供保护。知道了吧，对我们这些可怜的警察来说你可真有吸引力。那些年轻的女孩儿们可以哭着跑过来靠在我们的肩膀上哭泣，倾诉她们的秘密，就像她们总是对你做的那样——虽然我自己也有女儿。”

阿博特警探捣鼓着壁炉，把里面的火焰生得老高，他想暗示希娃小姐赶紧告诉督察自己的想法。当弗兰克看到自己的上司皱起了眉，刚刚说话时还用了古代英语的语法，就立刻明白了过来。

兰姆督察说：“我母亲以前总是对我说，她认为最好的东西，我一定也会喜欢。我的老伙计，我认为最好的东西，你一定也会喜欢，千万别忘了！法式英语在法国很受用，但在我的办公室里是不被允许的。告诉你我看到的事实——当人觉得自己高人一等的时候，就会摒弃原来用惯了的东西。我并不是怪你在这件事上做得不好，你做得很好——但你没必要扬扬得意，一副外国人的做派。现在，如果你能答应不插嘴的话，我会告诉希娃小姐我们发现了什么。”

希娃小姐歪着头说：“我很荣幸，督察。”

兰姆窝进椅子里，双手放在膝上说：“当然，他很巧妙地掩盖了自己的行踪——这些绅士们一贯如此。而且一定有人在暗中帮助他，还是我们目前没有抓到，也许根本抓不住的人。其实，如果琳德尔·阿米蒂奇小姐没有发现他的声音就是之前她听过的——对安尼·乔伊斯说话时的声音，我们应该抓不住他。她没告诉你这件事，是不是？”

希娃小姐说：“是的，她藏在心里，憋了很久。之后倒是和我说过。其实这种做法是极其不明智的，差点要了她和菲利普爵士的命。当我见到她时，她还是——在不停地做心理斗争。毕竟，他曾经是她的朋友——一个非常值得信任的朋友。我觉得琳德尔当时心里还是有一丝期望的，她问他，他就能告诉她实话。对一个女孩儿来说，向警察告发自己的朋友并不轻松，她承担了我们都想象不到的风险。我很高兴警察能及时赶到。阿米蒂奇小姐的沉着冷静救了在场的所有人。我为她祈祷。”

“嗯，我们还调查了他的背景。他的一位叔叔是柯德林顿先生的搭档——这就是为什么柯德林顿先生会认识他。他是名不错的律师，曾被迫接受过法西斯思想的洗礼，但马上就把它们舍弃了——应该说是公开声明把它们舍弃的——在希特勒投降、法西斯主义走下坡路的时候。他曾去过德国旅游，当时很多人都去过，并没有什么危险。但如果你想遮掩什么见不得人的勾当，那么那里倒是个好去处。他开始为纳粹工作，我们都不知道，而且我们也不可能知道，但是这事他绝对干了很长一段时间。我们找到了杜邦夫人。她的名字叫玛丽·罗森，在工作上她是个令人讨厌的人。我想她的丈夫正如她所说——是个聪明的理发师，由于身体不好所以没有加入纳粹的活动。他们在战争前结的婚——在这里她一直用他前妻的名字。我们说回特伦特。除了他暂住的豪宅之外，他还有间屋子在沃克斯豪尔大桥路的车库里。在那里，他化名为汤普森。这就是当他需要成为费利克斯先生或其他人时，化妆易容的地方。我们发现了两顶假发，一顶红色的，一顶灰色的；各式各样的衣服，其中有些已经很破旧了，还有一件宽松的大衣。只要戴上那顶红色假发，我想连他最好的朋友都认不出他来。特伦特在车库里还放着一辆破旧的出租车，有时会作为一名司机接一些加急的单子。毫无疑问，就是他在沃特卢和内莉·柯林斯小姐碰了面，并告诉她乔斯林夫人命自己来接她。柯林斯小姐肯定觉得是要坐车去乔斯林庄园。但特伦特在半路扭转方向绕道带着她走向死亡。明明有很多种办法可以自保，但那可怜的夫人一点防备心理都没有。特伦特找借口让她下车等他，然后一把油门将她撞倒。知道了吗？”

希娃小姐惊呼道：“天哪——真令人震惊！”

弗兰克·阿博特抬起一只手放在嘴边，他眼里流露出的一丝戏谑被房间里其余的两个人看在眼里。他轻蔑地说：“这个老狐狸——他从莫迪那里窃取警方的行动，莫迪又帮助他逃脱追捕——他总是这样。到现在为止，他到底欺骗了自己多久？他又欺骗了莫迪和我多久？”弗兰克咋咋呼呼地说完后，又恢复成那副最佳听众的模样。他的希娃小姐刚刚才说了一小句恭维的话，而他的上司也欣然接受了。此时办公室里的氛围恰到好处

兰姆相当满意地说：“没错，是这样的——警察们有时也要赚些外快。哦，顺便说一句，我们找到洗衣篮了。在他车库的角落里发现的，里面除了一堆皱巴巴的纸什么都没有。毫无疑问，他上出租车时就带着它，直到看见菲利普爵士出门。接着他便把篮子罩在头上走上楼梯。虽然听起来难以置信，但若是他用手扶住篮子，那与他擦身而过的人都不会看到他的脸。”

“你说得很清楚。”希娃小姐赞扬道。

督察笑容满面道：“噢，这个嘛——只是我的猜测。不过我们已经证实了这一点。安尼·乔伊斯听从他的指令行事。我想我们已经掌握了她给菲利普爵士下毒，并查阅他的私密文件的事实。

但同时她又说过或做过让特伦特怀疑她的事情。他故意让她跟踪自己。他知道她无论如何都会想要见你一面。她早就把阿米蒂奇小姐无意中听到的话告诉了特伦特，她胆子太小，一个人承受不住。你怎么看？”

希娃小姐严肃地说：“我也觉得她告诉特伦特了。从阿米蒂奇小姐的言谈中，我发现安尼·乔伊斯对她是有怨气的。阿米蒂奇小姐对真正的乔斯林夫人十分忠诚。在那么复杂的环境下，她依旧拼命地维持着昔日的友谊和亲情，却没有成功。我告诉她曾说过的原话，非常真诚，直指人心。她说：‘我很爱她，但自从她回来后，她却不让我爱她了。而且看上去她根本就不喜欢我。’”

兰姆点点头，说：“这也是其中的一个小原因。那么我们就假设特伦特知道了他们被偷听的事情。他知道后肯定会想立刻摆脱安尼·乔伊斯。她也许知道，也许又不知道他的真实身份。”

希娃小姐说：“从他被捕后的审问中，我并没有发现他和所谓的乔斯林夫人曾经有过接触。我以为他会十分小心谨慎，避免暴露自己的身份。他和安妮在理发店见面时肯定也会精心伪装，再者，从阿博特警探所说的，特伦特办公室里的灯光布置上来看，很明显，那盏色彩浓厚的台灯灯光向前照射，把他留在阴影里，把灯前的人照得透亮。”

“是的，就是这样——而且他的声音低沉得像耳语，正如阿米蒂奇小姐所说。这很奇怪，不是吗？为了伪装自己，他应该全身心投入到一个角色中去。如果他没有用低沉的耳语对阿米蒂奇小姐说在那扇门后说的同样的话，他可能已经脱身了。杜邦夫人只知道他是菲利克斯先生，随着他们不再联系，再加上安尼·乔伊斯的死亡，就不会有直接证据指向佩勒姆·特伦特。出于道义，你也不会想到是他——不是吗？”

希娃小姐说，“是的，的确如此。”

督察说：“嗯，我们接着说——他拿着洗衣篮上了楼，安尼开门让他进去。她可能一直在等他——我们无法知道这一点——但她很高兴见到他，因为她觉得自己拿到了他想要的东西。毫无疑问，从指纹来看，她翻动过那个密码本——还复了印。你也许觉得这些都是我的猜测，但事实真相永远不会比推理更真实。你也知道，那些密码已经过时了——是为了引她出来的计策。特伦特这种拥有特殊身份的男人早就知道了这一点。他犹豫过要不要杀了她，但如果她已经让自己身陷困境面临暴露的风险，那他就必须得杀了她。她很害怕，想去打电话。他拿枪对着她扣下了扳机。随后，他拿走了菲利普爵士的左轮手枪。他可能看都没有看一眼那本密码——而她也许真的尽力去找了——我们都没办法知道了。他没有留下任何指纹，所以他一定戴了手套——可能是在等她开门的时候戴的。他被捕时，身上别着左轮手枪。这个案件需要严格保密，毕竟已经卷入了三个危险人物——也许更多，如果杜邦夫人能开口的话。以上就是案件的全部。不好意思——请允许我离开一下——我得去见一下局长助理。”

希娃小姐和兰姆督察握手告别后，阿博特警探走了过来，他倚在桌子上，低头看着自己十分尊敬的女老师。“怎么了？”他问，“你在想什么？”

她略带迟疑地说。

“我在想兰姆督察说的话。”

弗兰克笑道：“他说得挺多呀，不是吗？”

“最后，”希娃小姐说，“他说：‘以上就是案件的全部。’因为在任何情况下这句话都不可能是真的。”

“怎么说？”

她简单而庄重地看着他，说：“这得从很久之前说起。我一直在和乔斯林家族的人聊天，他们和我说了很多。事情可以追溯到安布罗斯·乔斯林爵士的年代，他没有给他的女人和他的儿子提供任何生活费用。菲利普爵士的父亲给她一些微薄的钱财。慈善有时并不能让受到资助的人心怀感激，反而会狮子大开口越要越多。罗杰·乔伊斯是个软弱而无能的人。可怜的柯林斯小姐告诉过我，他的女儿长大后，认为自己受了委屈和欺骗。当他去世的时候，她已经 15 岁了，特丽莎·乔斯林小姐接着抚养她长大，又在自己做了一个非常不明智的决定后，强迫她和自己一起出国。那个年龄段的女孩儿敏感又自我。她在乔斯林庄园生活了一个星期，看到了如果她的父亲不是私生子的话，她可能拥有的一切。她带着异常苦涩嫉妒的心情离开了英国。十年后，原本要为安尼立遗嘱的乔斯林小姐，突然改变了主意，毕竟她生来就是一个反复无常的女人，就在她突然对安尼·乔伊斯感兴趣的十年后，又对安妮·乔斯林产生了同样的情感，并告诉她自己正在为她立遗嘱。”希娃小姐停顿了一下说，“如此缺乏原则的行为是很难理解的。随即就因此产生了不必要的麻烦事。菲利普爵士与妻子发生了严重的争吵。他不让她拿那笔遗产，情绪可以说是相当激动，安妮坚持说她有权接受这笔钱。她不顾丈夫，去法国看特丽莎·乔斯林小姐。她的到来对安尼·乔伊斯的影响可想而知。安尼·乔伊斯的父亲和乔斯林夫人的母亲是同父异母的兄妹，一个一贫如洗，六亲都不来认，而另一个家缠万贯，生活美满。乔斯林夫人拥有安尼·乔伊斯所没有的—地位、声望、财产、家族的地产、家族的姓氏。她们一起生活了有3个月。你能想象，在这3个月里，安尼·乔伊斯感受到的痛苦和怨恨变得越来越强烈？除了菲利普爵士所说的海滩上发生的事情，我们没办法知道更多的信息。安尼那个时候可能已经意识到，安妮·乔斯林已身负重伤，也许她并不知道。但可以确信的是，她回到了城堡里时还是安尼·乔伊斯，后来她受到德国人的影响越来越大，她和乔斯林夫人相仿的样貌使得德国人决定利用她。菲利普爵士告诉我，特丽莎·乔斯林小姐收藏了大量的家庭照片。他们完全可以用相片来熟悉家族成员的相貌。至于家族里所有人的资料、喜好，无疑是从特伦特先生那里知道的。我必须说，我总是觉得，能打造出一个所谓的乔斯林夫人的人，绝对是与这个家族密切相关的人。陌生人是无法知道并熟练运用那些细节的。那本日记说明了很多情况，但并没有写明菲利普爵士近期的情况，也没有写他的妻子回来的详细时间。”

弗兰克·阿博特恭敬地听着。只是有一瞬，他脑海中闪过“老师们惯有的说教”这句不敬的话——他那颜色很浅的眼睛永远都保留着一丝嘲讽的神情，到现在他仍然觉得，自己对希娃小姐的敬佩程度之高已不像之前那样会令自己感到惊讶了。当她站起身来的时候，他直起身板，说道："我看到菲利普·乔斯林在所有的报纸上都登载了关于他妻子死亡的通知——还有日期。"他从身后的桌子上拿起了时报，他的眼睛，由上到下扫视着，"看这里——1941年6月26日，由于敌人的行动，安妮，菲利普·乔斯林爵士的妻子——好吧，我想下次我们还会在婚礼通知那一栏上再看到他的名字。"

希娃小姐清了清嗓子，责备地看了他一眼，说："希望如此。"

曼陀罗悬疑馆 重磅图书

福尔摩斯、阿加莎·克里斯蒂之后读什么？

湮没近百年的同时代名家鼎足经典**首次引进国内**

欧美国家人手一册的经典悬疑推理小说

英国推理小说鼎足作家，密室杀人小说开山鼻祖

帕特丽夏·温沃斯系列悬疑侦探小说

《女神探希娃》

开密室杀人小说之先河

探英国上流社会之秘

揭人性之贪婪

绘生命之美好

长期名列各国畅销书排行榜

稳居亚马逊热销图书榜单

《女神探希娃》系列悬疑推理小说全集（32册）

帕特丽夏的系列侦探推理小说以各种谋杀案为叙事主题，设置悬念，故事情节惊险曲折，引人入胜，构思令人拍案叫绝，赢得了英国民众喜爱，在英国媒体《每日电讯》和犯罪文学协会举办的公众评选投票中名列前茅。不仅如此，该系列小说在美国、德国、法国、荷兰、意大利、葡萄牙等国广为流传，并跻身各国畅销书排行榜前列。

主人公希娃小姐是帕特丽夏塑造得最为成功的一个人物。读者把希娃小姐与柯南道尔塑造的福尔摩斯、阿加莎•克里斯蒂塑造的波洛相提并论。福尔摩斯善于推理，于种种细节中抽丝剥茧，得出案件的真相；波洛其貌不扬，有特殊的洁癖，却有着敏锐的观察和判断能力；而希娃小姐则善于伪装，深入到受害者家中，与各位嫌疑人对话。三人探案风格可谓大相径庭，带给读者别样的阅读体验！

女神探希娃01：灰色面具	女神探希娃02：遗嘱之更
女神探希娃03：惴惴独行	女神探希娃04：新婚杀机
女神探希娃05：燃烧的披肩	女神探希娃06：夜访古宅
女神探希娃07：怡水别墅谋杀案	女神探希娃08：教堂谋杀案
女神探希娃09：分身诡计	女神探希娃10：凶宅梦魇
女神探希娃11：拉特老宅	女神探希娃12：格兰奇庄园谋杀案
女神探希娃13：两个重婚者	女神探希娃14：遗珠血案
女神探希娃15：悬崖旅馆	女神探希娃16：染血的外套
女神探希娃17：致命贪念	女神探希娃18：象牙匕首
女神探希娃19：穿墙之谜	女神探希娃20：消失的安娜
女神探希娃21：古村疑溪	女神探希娃22：情迷布里克
女神探希娃23：逃离往事	女神探希娃24：谎中谎
女神探希娃25：失踪迷雾	女神探希娃26：暗道惊魂
女神探希娃27：红事白事	女神探希娃28：眼观其声
女神探希娃29：匿名信	女神探希娃30：消失的指纹
女神探希娃31：2号继承人	女神探希娃32：地窖残影